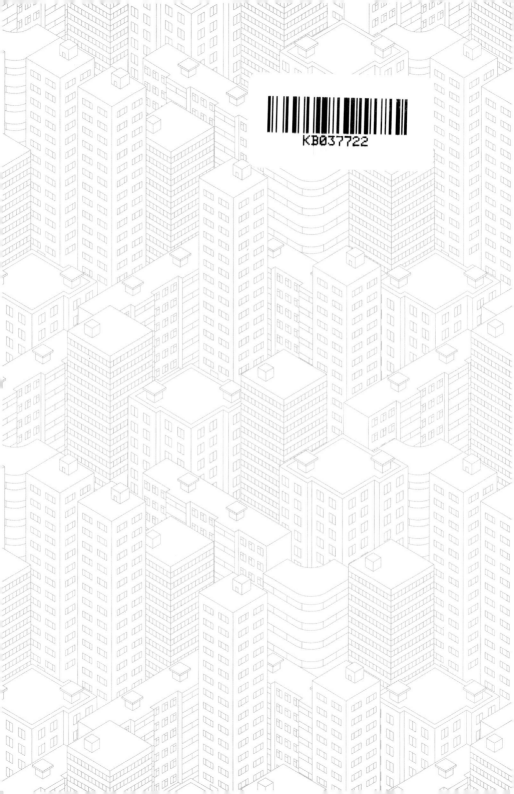

KB037722

빈 집에 핀 꽃

꿈꾸는 문학 ❷

빈 집에 핀 꽃

개정판 5쇄 발행 2022년 04월 15일 | 개정판 1쇄 발행 2019년 04월 30일
글 김경옥
펴낸이 김상일 | **펴낸곳** 도서출판 키다리
편집장 위정은 | **편집** 정명순 | **디자인** 조혜진 | **마케팅** 신성종 | **홍보** 장현아 | **관리** 김영숙
출판등록 2004년 11월 3일 제406-2010-000095호
제조국 대한민국 | **사용연령** 10세 이상
주소 경기도 파주시 심학산로 10
전화 031-955-9860(대표), 031-955-9861(편집) | **팩스** 031-624-1601
이메일 kidaribook@naver.com | **블로그** blog.naver.com/kidaribook
페이스북 https://www.facebook.com/kiaribook
ISBN 979-11-5785-229-1 (43810)

빈 집에 핀 꽃

김경옥

킨디리

불안한 경계에서도 꽃은 핀다

엘리베이터 문이 열렸다. 교복 입은 남학생과 여학생이 탔다. 나를 힐끔거리는 그 아이들의 눈빛이 불안하게 흔들리는 것을 느꼈다. 나는 직감했다.

'그렇구나! 너희는 지금 빈집에서 같이 나왔구나.'

그날 나는 빈집에 대한 문제의식을 갖기 시작했다. 어릴 때부터 빈집을 지키며 커 온 아이들……. 부모는 맞벌이 나가 집은 텅 비어 있고, 목에 열쇠 목걸이를 걸고 순례하듯 학원을 다니다 아무도 없는 공간에 들어와 '집'이란 것을 지키던 아이들……. 그들은 그 어두운 공간에서 그렇게 커 왔다. 그렇다. 요즘은 이렇듯 집이 비어 있다. 가족이 없는, 돌봄이 없는, 소통이 없는, 사랑이 없는 빈집! 그곳에서 그들은 무엇을 하고 있었을까? 그곳에서 어떤 일들이 있었을까?

십 대 청소년들은 미처 완성되지 않은 불안한 존재들이다. 이쪽과 저쪽의 경계에서 무수히 흔들리고 갈등하며 현재진행형으로 자라고 있다. 그러나 그들이 가진 불완전성이야말로 완성으로 향하는

모든 가능성을 내포하고 있다. 그러므로 희망이 있지 않은가.

　단순한 일상에 가려져 있지만 그들의 내면은 요동친다. 웃다가 울다가, 죽도록 미워했다가 죽도록 사랑했다가, 어두워졌다가 환해 졌다가, 꿈꾸다가 포기했다가, 그러다 또다시 꿈꾸는…….

　수없이 흔들리며 커 가는 불안한 존재들이지만 나는 그들이 발 딛고 있는 불안한 경계에서도 머지않아 꽃이 피리라 믿는다. 그들은 나름의 '관계 맺음'과 '소통'으로 불안함을 용케도 잘 떨쳐내 버리니까. 아직은 견고하지 못한 현실이지만 하나하나 잘 딛고 일어서 마침내 성장하고 저 너머의 환한 빛을 볼 테니까.

　그들을 믿는다. 흔들리며 커 가는 그들의 아름답고도 빛나는 청춘을!

지은이 김경옥

차례

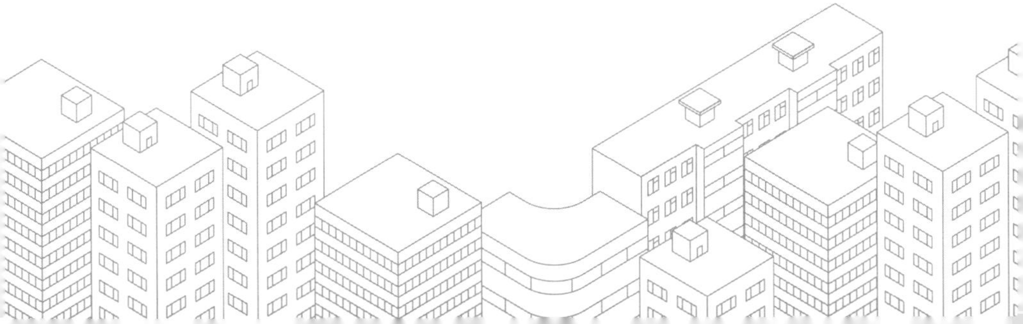

그 인간이 궁금하다

칠 층에서 엘리베이터 문이 열렸다. 어라? 또 그 인간이다. 오늘 벌써 세 번이나 마주쳤다. 그런데 저 인간 뒤로 들어오는 저 여학생은 누구지? 순간 나는 둘이 같은 집에서 나왔음을 직감했다. 두 사람은 서로 모르는 사이인 척하고 있지만 분명 무언가가 있다. 그럼 아까 낮에 보았던 그 여학생은 누군가. 나는 오늘 학원 갔다 오면서 우리 아파트 19동과 20동 사이의 아치형 장미 덩굴 문 앞에서 저 인간을 만났다. 저 애는 교복 차림에 가방까지 멘 채로 어떤 여학생과 입맞춤을 하려다 내게 들켰다. 그곳은 아치형의 작은 철문 위를 장미 덩굴이 덮고 있는데 꽤 외진 장소이다. 나는 그때 일부러 두 사람을 외면했다. 그것이 신사다운 행동이라고 생각했다. 그러나 그 문을 지나치고 나서도 한참 동안 둘의 모습이 아른거렸었다.

아! 그러고 보니 요즘 저 인간 혼자 지내는지 그의 엄마를 본적이 없다. 그렇다면 저 애는 빈집에서 여자 친구와 은밀한 짓을 하다 나온 게 틀림없다.

나는 안 보는 척하면서 두 사람을 유심히 관찰했다. 사실 오래 전부터 나는 저 인간을 관찰해 왔다. 그런데 지금 이 순간, 저 인간을 본격적으로 관찰해야겠다는 결심이 섰다. 이 여자 저 여자 바꿔 가면서 만나는 저 인간의 정체가 궁금했다. 저 애도 분명 나란 존재를 알고 있을 것이다. 우리는 한 아파트 위 아래층에 사는 사이니까. 하지만 만나도 모르는 척한다. 나는 누굴 만나도 인사를 하지 않는다. 솔직히 인사의 필요성을 못 느낀다. 저 인간도 차가운 편이라 누구에게 살갑게 인사를 하지는 않는다.

아니다. 저 애는 어쩌면 나를 아예 모를 수도 있다. 나는 어딜 가나 늘 존재감이 없다. 이런 나를 누군가가 관심 있게 지켜볼 리 없을 것이다. 나는 내 자신이 작은 개미처럼 느껴진다. 아주 작은 개미! 개미들에겐 '개미 군단'만 있지 '한 마리의 개미'는 없다. 개미에겐 개별성이 주어지지 않는다. 존재가 너무 작아서일까? 무시당하기 일쑤다. 가끔 시선을 끌기 위해 행렬에서 이탈하여 우왕좌왕하거나 사람 팔에 기어오르는 개미도 있다. 하지만 별 관심을 끌지 못한다.

먹잇감에 바글바글 모여 있는 개미들도 마찬가지다. 더운 여름 햇빛에 바짝 말라 버린 지렁이를 힘겹게 끌고 가는 개미들의 긴 행렬은 장엄하기까지 하다. 그런데 그때도 개미 떼보다는 햇볕에 객사해 버린 지렁이에게 더 시선이 간다. 불쌍한 개미! 그러나 개미처럼 존재감 없다는 사실이 지금처럼 누군가를 관찰할 때는 아주 좋다.

덜커덩 소리와 함께 엘리베이터가 섰다. 저 인간에 대한 모든 생각도 이 소리와 함께 멈췄다. 엘리베이터가 내려가는 동안의 시간은 불과 몇 초밖에 안 된다. 그럼에도 불구하고 이 짧은 시간 동안 나의 뇌는 저 인간에 대해 쉴 새 없이 생각을 한 것이다.

엘리베이터 문이 열리자 두 사람은 황급히 내렸다. 두 걸음 정도의 보폭을 사이에 두고 그 인간이 앞서서 걸어갔고 그 뒤를 여학생이 따라갔다. 나는 좀 떨어져 걸으면서 그들을 살폈다. 여학생은 뒤를 한 번 힐끗 돌아보더니 그 애의 손을 잡았다. 짧은 웃음소리도 들려왔다. 역시 내 직감이 맞아떨어졌다. 둘은 분명 사귀는 사이인 것이다.

'쳇! 저 녀석 바람둥이같이 생겨 가지고는 재수 없어.'

나는 가느다란 내 손가락 마디를 똑똑 꺾었다.

저 인간에 대해 느끼는 감정은 사실 좀 복잡하다. 아주 오래 전 제일 처음 감정은 '동정'이었다. 그 다음은 '선망과 시기심'으로 바뀌었다. 사실 모든 시기심은 선망에서부터 시작된다.

저 인간에 대해 말하겠다. 저 아이의 이름은 '나은호'이다. 나보다 한 살 많은 중학교 2학년이다. 사실 형인 것이다. 그러나 형이라고 부르고 싶지는 않다.

나은호!

나은호는 우리 집 바로 아래층에 산다. 나는 그 집에 가 본 적은 없지만 우린 똑같은 집 구조 속에서 살고 있으니, 최소한 나은호의 공간적 배경은 나랑 비슷하다. 내가 늦도록 잠이 오지 않아 두 귀가 생쥐처럼 바짝 서 있는 날이면 나은호가 틀어 놓은 음악 소리가 들리기도 한다. 오래된 아파트 위 아래층 간에 느끼는 익숙한 소음이다. 때로는 웅성웅성 떠드는 목소리도 들린다.

나은호에게는 두 살 많은 형, 나석호가 있다. 나석호는 과학고 수재다. 엄마를 통해서도 나석호에 대한 이야기는 더러 들었지만, 초등학교 때부터 나석호는 이미 유명했다. 그의 이름 앞에는 '영재'라는 호가 붙어 다녔으니까. 내가 3학년일 때 6학년이었던 나석호는 학교 대표로 텔레비전 퀴즈 대회에 나간 적이 있었다. 그때 모든 문제를 척척 맞혀 3연승을 했다. 그 일로 그는 학교를 빛낸 유명 인사가 되어 버렸다. 그 뒤 아무나 못 들어간다는 영재 중학교에 들어갔고 이어 영재 고등학교에 입학했다. 나석호는 학교 기숙사에서 생활하기 때문인지 아파트에서 그를 본 적은 거의 없다.

나은호, 나석호 두 형제는 생긴 것부터 판이하게 다르다. 나석호는 한마디로 못생겼다. 껑충한 키에 마른 몸 그리고 도수 높은 안경을 썼다. 나는 나석호의 외모를 볼 때마다 덜 진화된 인간의 모습이 느껴진다. 그러나 두꺼운 안경 너머로 그가 얼마나 예리한 눈빛을 가졌는지를 안다.

나은호는 형만큼은 아니지만 역시 공부를 잘한다고 들었다. 게다가 잘생긴 외모 때문에 어디에 있어도 빛이 나는 존재다. 적당히 큰 키에 보기 좋게 마른 몸매 그리고 갸름한 얼굴에 짙은 눈썹은 만화 주인공 같다. 쌍꺼풀 없는 눈은 작지도 크지도 않고, 속눈썹이 짙어 눈매가 뚜렷하다. 하얀 피부에 굳게 다문 입술은 도도하고 위엄 있으며 전체적으로 우울한 느낌을 풍긴다. 나는 두 형제가 다른 것에 매우 흥미를 느낀다.

나은호에 대해 이야기를 하려면 우리가 이 아파트로 처음 이

사 오던 때를 이야기하지 않을 수 없다. 내가 초등학교 1학년 때 우리는 이 아파트로 이사를 왔다. 남의 집 방 두 칸짜리에 세 들어 살다가 이곳으로 왔을 때 엄마는 들뜬 표정으로 여러 차례 '우리 집'임을 강조했다.

엄마는 집을 마련할 목적으로 내가 어렸을 때부터 보험 영업을 했다. 엄마는 툭하면 아빠의 무능력을 탓하곤 했다. 정수기 대리점에 다니는 아빠 월급만으로는 아무것도 할 수 없다는 것이었다.

이 아파트는 비록 오래되었지만 관리가 잘 되어 있어 이 동네에선 상위 계층에 속한다. 엄마는 이 아파트로 온 게 다 나를 위해서라고 했다.

"이 아파트 애들이 수준이 높고 엄마들도 교육열이 대단하거든. 이런 데 살아야 공부할 환경이 되는 거야."

엄마는 이곳에 들어와 살기만 하면 내 성적도 금방 쑥쑥 오를 것으로 기대하는 것 같았다. 그런데 성적이 오르기는커녕 이 집을 사느라 진 빚 때문에 우리는 하우스푸어로 전락했다. 엄마 아빠는 돈을 벌기 위해 더 안간힘을 쓰는 것 같았고, 짐작컨대 이때부터 두 사람 사이가 멀어진 게 아닌가 싶다.

엄마는 이곳으로 오자마자 옆집, 윗집, 아랫집 사람들과 인사

를 나누며 지냈다. 원래 사교적인 성격이기도 하지만 보험 영업
을 한 이후로 사람 사귀는 것을 재산처럼 여겼다.

그런데 이 아파트로 이사 오고 난 얼마 뒤부터 아래층, 즉 나
은호 집에서 울음소리가 자주 들려왔다. 거의 이틀에 한 번 꼴
로 울음소리가 들렸는데, 아주 어린 아기도 아닌 남자아이의 울
음소리가 신경을 거슬리게 했다. 꺽꺽 울어 대는 그 소리는 베
란다 쪽 창을 통해 제법 잘 들렸다. 처음엔 대수롭지 않게 여겼
으나, 지속적으로 듣다 보니 차츰 이상한 생각이 들었다. 남 일
에 참견하길 좋아하는 엄마는 이웃들로부터 아랫집에 대한 소
문을 캐기 시작했다.

"그 집 작은애가 우는 소리예요."

"그 애 엄마가 우울증이 있나 봐요. 날마다 애를 혼내는 건지
때리는 건지, 암튼 애가 맨날 울고 좀 이상해요."

"남편이랑 별거 중이라는 얘기가 있더라고요."

"큰애는 영재로 유명한데 작은애는 그렇질 못한가 봐요. 작은
애는 친자식이 아니라서 툭하면 엄마한테 학대당한다는 소문
도 있고……."

그 소문들이 진실인지 거짓인지는 지금도 알 수 없다. 그러나
그 무렵부터 지금까지 그 집에 대해 수집된 정보는 다음과 같다.

나은호 엄마는 우울증으로 인한 히스테리가 강하고 결벽증이 심하다.

그래서 그 집에선 이따금 울부짖는 소리가 들린다.

엄마는 하루 종일 청소만 하며 날마다 사우나를 간다.

나은호 아빠는 동물병원 의사인데, 답답할 정도로 말이 없고 내성적이다.

둘은 심각할 정도로 사이가 나빠 자주 부부싸움을 했다.

언젠가부터 나은호 아빠가 집에 들어오지 않는 것으로 보아, 부부가 별거 중인 것 같다.

나은호 엄마는 유독 작은아들만 야단을 치고 학대하는 경우가 많다. 그리고 자녀들의 성적에 대한 집착이 강하다.

이런 사실들을 안 뒤부터 엄마는 그 집에서 아이 울음소리만 들리면 귀를 쫑긋 세웠다. 나 역시 말로만 듣던 아동학대가 바로 아래층에서 저질러지고 있다는 사실에 두려움마저 느꼈다. 그리고 새엄마 밑에서 학대당하며 사는 불행한 주인공이 누군지 궁금해지기 시작했다.

그러던 어느 날, 아래층에 사는 나은호 엄마가 우리 집으로 득달같이 달려온 적이 있었다.

자기네 집으로 물이 샌다는 것이었다. 당장 엄마에게 전화를 걸어 조치를 취하라고 카랑카랑한 목소리로 내게 명령했다. 그때 나는 "아래층이면 아들을 학대하는 그 아줌마다!"라는 생각에 나은호 엄마가 무섭고 기분 나빴다.

그날 엄마가 회사 일을 일찍 마치고 집으로 왔다. 그리고 나은호 집에 다녀와 내뱉은 첫마디가 이러했다.

"세상에! 여자가 독한가 봐. 등짝에 회초리 자국이 빨갛도록 애를 때렸어."

엄마가 아래층으로 내려갔을 당시, 여자의 날카로운 목소리가 밖에까지 들렸다고 한다. 엄마가 벨을 누르자 애 울음소리가 뚝 그쳤고 그 집 문이 열렸다고 한다. 들어가 보니 내 또래의 남자아이가 황급히 윗옷을 입고 있었는데, 허리 쪽으로 붉은 회초리 자국이 나 있었다고 했다.

"그 집 애들은 공부도 잘한다고 아파트에 소문이 자자하던데, 애를 때릴 일이 뭐가 있을까. 애도 잘생겼던데!"

엄마는 여자가 우울증이 있는 게 분명하다며 아이를 학대하는 게 사실인 것 같다고 했다.

"하긴, 요즘 아동학대의 칠십 퍼센트는 다 친부모에 의해 저질러진다더라."

그 일이 있은 후 비로소 울음소리 주인공인 나은호의 얼굴도 알게 되었다. 가끔 엄마와 길을 나서는 나은호를 볼 때면 나는 그에게 연민과 동정심이 생겼다.

수완 좋은 엄마는 그 일을 계기로 몇 차례 나은호 집을 들락거리더니 보험 계약 한 건을 성사시키기도 했다. 그리고 말끝마다 나은호 엄마가 얼마나 자녀 교육에 투철한지, 두 형제가 얼마나 공부를 잘하는지를 떠들며 부러워하기도 했다.

"완전 타이거맘이야. 애들을 꽉 잡고 공부를 시키는 것 같아."

그러면서도 은근히 그 집의 비밀스런 가정사에 관심을 나타냈다.

"소문이 맞는 것 같아. 작은애는 그 여자 친자식이 아닌가 봐."

나은호가 커 감에 따라 울음소리도 차츰 사라졌다. 오히려 그 이전의 울음소리가 정말 학대 때문이었는지 의문스러웠다.

그 뒤로 나은호는 같은 남자인 내가 봐도 멋있었다. 잘생긴 외모에 사람을 사로잡는 눈빛 그리고 공부를 잘한다는 소문. 게다가 더 놀라운 것은 우리 학교 일진 무리 속에 그가 우뚝 존재하고 있다는 사실이었다.

"나은호는 모범생이 아니었던가?"

엄마에게 들은 바로는 분명히 착한 모범생이었다. 그런데 일진이라니! 그가 가진 의외의 모습에 또 한 번 놀랐다. 그건 반전이었다. 그는 닭 무리 속의 학처럼 일진 그룹 속에서도 빛났다. 표정은 도도했고 아우라가 번졌다. 또 주변에는 추종자로 보이는 여학생들이 따라 다녔다. 바로 그 순간, 그에 대한 '동정과 연민'은 '선망'으로 바뀌었다. 그리고 그 선망이 "나도 남자다."라는 의식이 들던 때부터는 슬그머니 '시기심'으로 바뀌었다.

라면과 컴퓨터

집에서 나온 목적을 잠시 잊었다.

"맞다! 컵라면이랑 과자 사러 왔지."

나는 아파트 상가의 가게에서 양이 많은 왕사발 컵라면 두 개랑 감자칩 과자를 샀다. 휘파람을 불며 검은 비닐봉지를 살살 흔들었다. 봉지는 참 가벼웠다.

"엄마는 오늘도 늦겠지?"

집에 들어와 주전자에 물을 끓여 컵라면에 부었다. 벌어진 뚜껑을 젓가락으로 눌러 놓고 면이 익기를 기다리는데 갑자기 적막함이 느껴졌다. 나는 이런 적막함이 싫다. 면이 익는 사 분은 왜 이토록 긴가. 라면에 물을 붓고 누군가와 이야기를 나누게 되면 사 분은 금방 갈 텐데. 그러나 혼자 멀뚱히 사 분을 세고 있다 보면 참을 수 없을 만큼 지루하다. 나는 사 분을 채우지 못하고 덜 익은 면을 휘이휘이 저어 후루룩 빨아들였다.

뜨거운 김과 함께 매콤하게 올라오는 국물 냄새가 코를 자극했다. 나는 길들여진 익숙한 맛에 쾌감을 느끼며 면발을 흡입했다. 이것은 분명 중독이다. 라면의 짭짤하고 자극적인 맛이 혀에 길들여지다 보니 뇌에 깊이 각인을 남기게 된 게 분명했다. 나는 언젠가부터 라면을 먹지 않으면 심리적 또는 신체적으로 불쾌감을 느끼고 기분이 저하된다. 그러다 보니 다른 맛엔 만족을 느끼지 못하고 자꾸 라면만 탐닉하게 되는 것이다.

이렇게 된 데에는 이유가 있다. 요즘 엄마는 직장 일이 바쁘다는 핑계로 내 먹거리에 신경을 쓰지 않는다.

솔직히 나는 어릴 때부터 열악한 위탁 시설에서 제대로 된 보살핌을 받지 못한 채 자라 왔다. 이 일 저 일 닥치는 대로 아르바이트를 하던 엄마가, 이 집에 이사 오고 난 뒤부터는 본격적으로 직장 생활에 뛰어들었다. 아파트 대출 빚을 갚으려면 그래야만 한다고 했다. 그때부터 나는 방치되기 시작했고, 빈집을 지키며 커 왔다. 남들은 곁에 할머니도 있고 이모 고모도 있던데, 내 주변엔 그런 사람조차 없었다. 어릴 때부터 다녔던 놀이방 선생님이 나의 보호자였고, 1학년 때부터는 열쇠 목걸이를 목에 걸고 혼자 집으로 돌아왔다.

그래도 그 무렵엔 엄마가 일찍 들어와 나를 챙기려는 의지가 있었다. 또 아들을 제법 잘 키워 볼 요량으로 독서 선생님을 불러 책 읽기를 시키는 등 공부에도 신경을 썼었다. 그러나 몇 해 전부터는 아예 방치되어 혼자 지낸다. 내 교육을 위해 이 아파트로 이사를 왔다던 처음 목적은 잊히고 돈 버는 일이 더 중요해졌다.

어릴 때 하루 종일 집을 지키고 있다 보면 혼자서 모든 것을 견뎌야 한다는 두려움이 몰려오곤 했다. 그러나 이젠 한결 나아졌고, 이런 생활도 익숙해졌다. 때로는 '홀로섬 왕국'의 제왕처럼 내가 하고 싶은 것들을 맘대로 하며 지내다 보니 즐겁기까지 하다.

엄마 역시 회사 생활이 힘들다고 입버릇처럼 말하면서도 나가는 일이 즐거워 보인다. 내가 라면에 중독된 것처럼 엄마는 바깥 공기에 중독된 것 같다. 설령 아빠가 돈을 잘 벌어 준다 해도 엄마는 절대 집에 있지 못할 것이다.

라면 국물에 밥까지 말아서 먹었는데 마음이 진정되지 않았다. 이런 날이 가끔 있다. 혼자 있는 것에 익숙하면서도 어쩐지 불안하고 고독한 날이다. 귀는 먹먹하고 가슴이 섬뜩섬뜩해지면서 온몸에 작은 벌레가 붙은 듯 마음이 진정이 안 된다. 그 무엇에도 집중을 못하는 그런 날, 이럴 때 나는 몽상가가 되어 허황된 상상을 펼치거나 컴퓨터를 한다. 그래야만 이 순간이 지나간다. 나는 좀 전에 만났던 나은호의 일을 혼자 상상해 보았다.

집은 어둡고 고요하다. 아무도 없다. 늘 이렇다.
빈집에 오로지 둘뿐이다.
그들은 둘만의 불을 밝히고 싶다.
순간 반딧불이들이 그들 주변을 빙빙 돌며 빛의 향연을 벌인다.
새들도 나타나 화려한 꽁지를 펴고 소리를 지른다.
활짝 핀 꽃과 벌. 둘은 달콤하다.
벌은 꽃의 꿀이 달고, 꽃은 벌의 톡 쏘는 자극이 달다.
아슬아슬, 짜릿짜릿, 벌과 꽃은 모든 감각을 쫑긋 세운다.
밖은 아직 환하지만, 둘은 아무것도 보이지 않는다.
둘밖에는 보이지 않는다.

머릿속에 여러 가지 영상이 마구 떠다녔다. 아름다운 영상부터 엽기적인 영상까지……. 이런 영상은 대개 짝짓기에 관한 것인데, 자연의 가장 아름다운 짝짓기부터 인간이 만들어 낸 가장 추하고 괴기스런 짝짓기 영상까지 머릿속을 떠돈다. 그럴 때 나는 이런 생각들을 해 본다.

'왜 아름다움과 추함은 어느 순간 일치할까. 왜 가장 고통스러워하는 모습과 희열에 찬 모습은 닮았을까?'

나는 나은호가 여자 친구와 집에서 어떤 짓을 하다 나왔는지 모른다. 그게 아름다운 짓이었는지 추한 짓이었는지. 다만 그때그때 내 마음에 일어나는 느낌에 따라 상상의 빛깔들은 다르다. 오늘은 유난히 장난기 많은 우리 반 친구가 어리벙벙한 친구를 뉘어 놓고 어른들의 성행위 흉내를 내던 모습까지 떠올랐다. 이런 영상들이 머리에서 떠돌기 시작하면 나는 마음에 성적인 충동이 일어난다.

"컴퓨터나 해야겠어."

이럴 때 나를 지켜 주는 것은 역시 컴퓨터뿐이다. 나와 비슷한 처지의 아이들이 컴퓨터에 빠지는 건 당연하다. 볼거리와 놀거리를 맘껏 제공하는 컴퓨터를 어떻게 사랑하지 않을 수 있겠나. 나는 컴퓨터로 게임도 즐기지만 하루 종일 이것저것 탐색하길 즐긴다. 성인 인증이 필요한 때에도 전혀 문제되지 않는다. 내가 갖고 있는 휴대전화는 엄마 명의로 된 것이고, 나는 엄마 아빠의 주민등록번호를 다 외우고 있다. 성인 인증이 필요하면 내 휴대전화 번호를 찍고 엄마의 주민등록번호를 치면 내 휴대전화로 인증 번호가 뜬다. 세상은 그리 복잡할 게 없다. 그러다 보니 야한 동영상을 혼자 본 적도 많다.

내가 컴퓨터로 꼭 좋지 못한 것만 보는 것은 아니다. 나는 인터넷이야말로 현대판 도깨비 방망이라고 생각한다. 뭐든지 궁금한 것을 치면 다 나오지 않나. 나는 늘 혼자이다 보니 모르는 것이 있을 때 곁에서 알려 줄 사람이 없다. 숙제할 때도 그렇고 가끔 컴퓨터를 하다 뭔가 문제가 발생할 때도 도깨비 방망이를 두드려 알아내곤 한다.

또 하나 내가 관심을 갖고 드나드는 사이트는 인터넷 소설방인데 퍽 건전하다. 나는 요즘 이 소설방 드나드는 것이 즐겁다. 왜냐하면 거기 가면 내가 좋아하는 정해리를 만날 수 있기 때문이다. 정해리는 같은 반 친구다. 고백하자면 내가 처음으로 좋아하게 된 여자애다. 해리는 우리 반에서 '작가'로 유명하다. 해리가 인터넷 소설방에 소설을 쓰기 시작한 것은 6학년 때부터라고 하는데, 나는 올 초에 그 사실을 알았다.

해리가 인터넷 소설방에서 '샤이니'란 닉네임으로 십 대들 사이에 제법 유명하다는 소문이 반에 퍼지고 나서 나도 그곳을 드나들게 되었다.

그 소설방엔 십 대들이 대부분이다. 회원 수가 십만 명이 넘고 지정 작가로 이름을 올린 사람만 해도 스무 명이 넘는다. 샤이니도 그곳에 따로 방을 갖고 있는 지정 작가이다. 누구든 정해진 글자 수만큼 소설을 올리면 '예비 작가' 명단에 들게 된다. 또 소설대회에서 소평가단과 회원들이 뽑은 순위 안에 들면 당당히 '지정 작가'가 되어 자기 방을 따로 갖게 된다. 초등학생 작가도 더러 있지만 대부분 중·고생 작가이거나 어릴 때부터 드나들기 시작해 지금은 이십 대 초반이 된 작가들도 있다.

나는 컴퓨터 앞에 앉아 먼저 소설방에 들어가 보았다. 얼마 전까지 샤이니가 써서 올린 글은 '열네 살 초코파이'라는 작품이었다. 정에 굶주린 열네 살 소녀의 이야기인데 달달한 로맨스에 주인공의 엽기적인 행동이 재미있었던 인기작이다. 소설방에는 여전히 여러 명의 회원들이 접속 중이었으나 샤이니 방에는 아직 새롭게 올라온 글은 없었다. 해리는 내가 자신의 열혈 팬임을 잘 안다. 해리의 글 밑에 '나홀로집에'라는 닉네임으로 꼭꼭 댓글을 다는 사람이 나인 것을 알기 때문이다. 그래서인지 해리는 학교에서 내게 친근함을 표시한다. 그리고 자신의 소설을 읽는다는 것 하나만으로 나를 수준 높은 아이로 취급한다.

새로 올라온 소설이 없으니 이제 당연한 절차로 게임을 클릭할 수밖에 없다. 내가 좋아하는 롤(lol) 게임을 하기로 했다. 100여 개가 넘는 챔피언 캐릭터 중에서 나는 자크를 골랐다. 이미 사이버 상에서는 5 대 5로 팀이 갈렸고 게임이 시작되었다. 게임을 하면서 내 속에선 쉴 새 없이 중얼댄다.

'적 타워를 부숴야 한다. 그래야 내가 산다. 그들은 고도의 머리를 가진 폭파범들이다. 그들을 당장 쳐부수자. 자, 작전을 짜자. 인정사정 볼 것 없다! 당장 부숴 버려! 명령이다!'

양 편이 서로 실력이 비슷한지 좀처럼 게임이 끝나지 않았다. 시간이 꽤 흘렀는데도 결판이 나지 않으면 슬슬 기분이 나빠진다. 게다가 오랫동안 싸웠는데 결국 지고 말았을 때의 기분이란! 이럴 땐 저절로 욕이 나온다.

"에이 씨!"

나는 주먹으로 책상을 꽝 두드렸다. 그때 문자가 왔다.

"김 범, 피시방 안 오냐?"

집에서 하는 게임이 싫증 날 때면 피시방을 가곤 했는데 그곳에서 만난 중학교 2학년 형이다. 형은 자신을 '거미'로 부르라고 했다. 나는 문자를 씹으려다가 간단히 답을 보냈다.

"안 가. 집에서 게임 중이야."

그러자 또 문자가 왔다.

"나 너희 집 가면 안 되냐?"

"응, 안 돼."

나는 절대로 집에 누군가를 들이지 않는다. 내게는 아픈 기억이 있기 때문이다. 나는 휴대전화를 침대에 던져 버리고 다시 게임 캐릭터를 찾았다. 그런데 문득 생각이 바뀌었다. 거미 형을 불러서 놀까? 그래, 그럼 더 재밌을 거야. 아니야. 거미 형을 집으로 오게 하는 건 위험한 일이야. 날마다 와서 나를 귀찮게 할지도 모르잖아.

거미 형은 딱히 맘에 드는 존재는 아니었다. 피시방에서 여러 번 만나다 보니 얼굴을 알게 됐고, 아무에게나 말 걸기를 좋아하는 거미 형은 내게도 먼저 다가왔다. 가끔 컵라면을 사 주기도 하고, 자기가 돈이 없을 때는 나를 꼬드겨 컵라면을 얻어먹기도 한다. 나는 그 형에게 선뜻 마음을 주지 않았었다. 그런데 '거미'로 부르라던 그 말에 끌렸다. 개미와 거미는 어쩐지 비슷하니까.

오늘 내가 외로웠던 것처럼 거미 형도 홀로 거미줄에 매달려 외로움을 타고 있는 것은 아닐까. 한번 불러서 같이 놀아 볼까? 4학년 '그 일' 이후로 누구도 집으로 데려온 적이 없었는데.

잠시 갈등하다 나는 다시 문자를 보냈다.

"와도 돼. 한마음 아파트 16동 803호."

"ㅇㅋ 바로 갈게."

잠시 후 벨이 울리고 거미 형이 왔다. 몸집은 퉁퉁한데 얼굴은 아직 앳되다. 그 앳된 얼굴도 씩 웃을 땐 어쩐지 음흉해 보인다. 거미 형은 현관에 들어서자마자 다짜고짜 "무슨 게임 하고 있냐?" 물으며 오로지 눈으로는 컴퓨터만 찾았다. 그 모습이, 게임 외엔 그 어떤 것에도 관심이 없는 단순하고 메마른 인간으로 느껴졌다. 처음으로 남의 집을 방문하는 거라면 조금은 머뭇거리며 발을 들여놓거나 주위를 한 번쯤 휘 둘러보기라도 하는 것이 정상 아닌가. 문득 거미 형을 부른 게 후회되었다.

"흐흐, 롤 할 거지?"

"……."

"야, 나도 하자."

거미 형은 다짜고짜 컴퓨터 자리를 차지하더니 마우스를 움직였다.

"야, 근데 너희 엄만 일 다니시냐?"

"응."

"우리 엄마돈데. 아니 요즘은 일이 없어 집에 있지만."

"……."

"야, 근데 먹을 거 없냐? 배고프다."

"없어."

나는 퉁명스럽게 뱉었다.

거미 형은 점점 더 게임에 몰입하기 시작했다. 그럴수록 그의 입은 헤 벌어졌다. 얼굴은 혼을 빼앗긴 모습이 되어 버렸다. 거미 형은 게임의 중요한 순간마다 얼굴을 찡그리며 입을 씰룩거렸다. 그와 함께 책상 아래 있는 엄지발가락도 같이 꼬부리며 힘을 쥐었다. 게임에 빠진 누군가의 모습을 자세히 보긴 처음이다. 거미 형은 현실과 동떨어진 사이버 세상에서 게임 마니아들과 꽤 오랫동안 경쟁을 벌이고 있었다. 그 시간이 견디기 힘들어 나는 텔레비전을 틀고 케이블 채널을 여기저기 돌려 보면서 괜히 왔다갔다 했다.

"형도 나처럼 게임 없인 못 살지?"

옆에서 구경하던 나는 빨리 게임이 끝나기를 기다렸다. 게임의 강자 하나가 속전속결로 끝내 주길 간절히 기다렸다.

"뭐라? 그게…… 뭔……. 아, 확 깨 버려!"

맥 빠진 공기만 들랑대던 입에서 의욕에 찬 욕이 튀어나왔다.

내 바람대로 게임 아웃 되어 버린 것이다. 거미 형은 그제야 나와 눈을 마주쳤다.

"아 배고파. 야, 먹을 거 없냐?"

거미 형이 주방 쪽으로 가더니 냉장고를 열었다. 남의 집 냉장고를 함부로 열다니! 나는 어릴 때부터 엄마에게 남의 집 가서 그러면 안 된다는 교육을 받았다. 거미 형은 냉장고에서 요구르트를 꺼냈다. 그러고는 은박지 뚜껑을 엄지손가락으로 푹 찔러 구멍을 낸 뒤 단숨에 마셔 버렸다.

"캬－."

거미 형이 내는 소리만 들어도 65밀리리터 요구르트가 온몸에 얼마나 쫙 스며들었는지 느껴졌다. 나는 요구르트의 양을 65밀리리터로 정한 사람을 존경한다. 좀 적은 듯해서 오히려 입맛을 짝짝 다시게 만들고 갈증을 풀어 주는 최소한의 양. 거미 형은 또 뭐가 있나 눈으로 냉장고 안을 훑었다. 그러나 우리 집엔 먹을 것이 없다. 실망한 듯 냉장고 문을 닫던 형이 문에 붙어 있는 전단지를 유심히 바라보았다. 그것은 다이어트 식품을 광고하는 전단지로, 풍만한 가슴과 잘록한 허리 그리고 엉덩이를 드러낸 좀 과장된 S라인 모델 사진이었다. 물론 헬스복을 입은 사진이었다.

"흐흐. 이 사진, 얄궂은데!"

엄마가 무심코 붙여 놓은 광고 전단지가 열다섯 살 소년의 호기심 가득한 눈길을 사로잡았다. 나도 가끔 그 사진에 눈이 간다. 그럴 땐 몸이 약간 그닐그닐해진다. 엄마는 이러한 사실을 모르는 것일까? 아니면 알고도 내 감정, 내 기분 따위는 고려하지 않는 것일까? 엄마는 지금 내가 신체의 급격한 변화를 겪고 있는 열네 살 사춘기 소년임을 아예 잊고 사는 것 같다. 나는 분위기를 바꾸기 위해 얼른 말을 내뱉었다.

"라면 줄까? 아까 하나 사다 놓은 거 있는데."

"라면? 오 예! 좋아."

나는 컵라면에 뜨거운 물을 부어 갖다 주었다. 후루룩거리며 라면을 먹던 형이 비로소 포만감을 나타냄과 동시에 노긋하게 느즈러지면서 심심한 표정을 지었다. 그러더니 뭔가 재미있는 아이디어라도 떠오른 듯 눈빛을 반짝였다.

"야, 나가자. 내가 재밌는 거 보여 줄게. 흐흐."

거미 형의 얼굴 표정이 느물느물 음흉해 보였다.

"뭔데?"

"저기 냉장고에 붙은 사진보다 더 재밌는 거!"

살짝 호기심이 일어났다.

"어디 갈 건데?"

"가 보면 알아."

거미 형은 피시방이 밀집해 있는 상가 쪽으로 나를 끌고 갔다.

"지금 내가 데리고 가는 곳에 대해서는 절대 비밀이야. 까딱 하다간 변태 소리 들으니까."

나는 어쩐지 형을 따라가는 일이 꺼림칙했다.

구멍

거미 형이 나를 데리고 간 곳은 우리들이 자주 들랑거리는 피시방 건물의 바로 옆 건물이었다. 낡아 보이는 사 층 건물인데 일 층을 제외한 이, 삼, 사 층이 대부분 잡다한 사무실들로 꽉 차 있었다. 건물은 비교적 조용하고 사람들의 드나듦도 적었다. 이제 막 퇴근하려는 듯한 몇 사람이 보였다.

거미 형은 이 층 어느 구석 화장실로 나를 끌고 갔다. 그런데 남자 화장실이 아닌 여자 화장실이었다.

"뭐야, 형 변태야?"

"쉿! 조용히해."

거미 형은 나란히 붙어 있는 화장실 두 개 중에 한쪽으로 들어가 문을 걸어 잠갔다.

"조용히해. 넌 구경만 하면 돼."

거미 형이 속삭였다. 나는 뭔가 나쁜 일이 벌어질 것 같은 예감에 가슴이 뛰기 시작했다.

'이 형을 집에 오라고 하는 게 아니었어. 큰 실수를 한 거야. 저 형이 쳐 놓은 거미줄에 내가 걸리고 말았어.'

짧은 순간 머릿속이 복잡해졌다. 그때 형이 조용히 손가락으로 벽 아래쪽을 가리켰다.

그곳엔 아이 손바닥만 한 청테이프가 붙어 있었고, 그것을 뜯어 내자 오백 원짜리 동전 크기보다 조금 큰 구멍이 뚫려 있었다. 구멍 뚫린 곳을 보니 이쪽 화장실 나무판과 옆쪽 화장실 나무판 사이에 빈 공간이 있었고, 판자의 두께는 몹시 얇았다. 우리 쪽 벽면은 아예 구멍이 동그랗게 뚫려 있었고, 빈 공간을 사이에 두고 옆쪽 화장실 벽면 역시 구멍이 뚫린 채 판자가 너덜너덜 붙어 있었다. 손가락으로 나무판을 밀면 옆쪽의 화장실이 훤히 보였는데, 살짝 비껴 선 채로 딱 엉덩이가 보이는 위치였다.

옆 화장실에 들어간 여자들은 비밀 구멍이 뚫린 벽을 사이에 두고 소년 둘이 잠입해 있다는 것을 상상도 못 할 것이다. 아니,

어쩌면 그들은 청테이프가 벽 역할을 확고히 해 줄 것이라고 믿는지도 모르겠다.

나는 좀 의아했다. 이런 구멍을 왜 이대로 방치하는 걸까? 적어도 한 번쯤은 누군가 이 구멍을 보지 않았을까. 우리가 사는 세상은 이렇듯 허술하다. 알고도 내버려 두는 일이 허다하다. 그런 일들이 나중에 큰 사건으로 이어진다는 것을 어른들은 왜 모르는 걸까?

나는 가슴이 두근거렸다. 잠시 후 인기척이 들리더니 옆 화장실로 누군가가 들어가는 소리가 들렸다. '철컥' 잠금장치를 거는 소리가 들렸다. 우리는 관음증 환자처럼 구멍을 통해 여자의 뒷모습을 바라보고 있었다.

여자는 꽉 끼는 스키니 바지를 내리느라 좌우로 몸을 살짝살짝 비틀었다. 몸을 비틀수록 바지가 조금씩 벗겨졌다. 작은 구멍으로 여자의 엉덩이가 보였다. 여자의 예쁜 엉덩이를 보는 순간 숨이 턱 막혔다.

야한 옷을 입고 섹시하게 엉덩이춤을 추는 걸그룹이 생각났다. 텔레비전이나 동영상을 통해 보는 걸그룹들의 노출은 이제 일반화되어, 사실 특별할 것도 없다.

'그래. 저건 냉장고에 붙은 사진도 아니고, 텔레비전에서 보는

걸그룹의 치마 속 감춰진 엉덩이도 아니다. 저건 실제다. 실제야, 실제 여자 엉덩이라고!'

내 속에서 묘한 일렁임이 일어났다. 형은 구멍 가까이에서 더 자세히 들여다볼 생각으로 몸을 구부려 얼굴을 바짝 들이댔다. 그 순간 바지 주머니에 있던 휴대전화가 바닥으로 툭 떨어지고 말았다. 옆 화장실의 여자는 화들짝 놀라 뒤로 얼굴을 돌렸다. 벽에 구멍이 뻥 뚫린 것을 보더니 여자가 소리를 질렀다. 그 소리에 우리의 숨도 막혀 버렸다. 그때 또 다른 여자 목소리가 들려왔다. 바깥에 있던 여자는 화장실 안쪽을 향해 무슨 일이냐고 물었다. 화장실 안의 여자가 급하게 바지를 추어올리고 후닥닥 나가며 소리쳤다.

"저, 저기, 저 화장실에 누가 있어요. 구멍을 뚫어 놓고 이쪽을 보고 있다고요."

"뭐라고요? 기가 막혀!"

뒤늦게 들어온 여자는 성격이 대담한지 화장실 문을 마구 두드렸다.

"야, 누구야? 너희들 누군데 변태 짓이야?"

그러자 엉덩이를 보였던 여자가 떨리는 음성으로 말했다.

"신고해야겠어요."

우리는 심장이 졸아붙어 곧 죽을 것만 같았다. 형의 휴대전화는 칸막이 바로 밑, 이쪽과 저쪽의 경계에 떨어져 있었다. 거미 형이 휴대전화를 주우려고 몸을 숙이는데 문짝 아래 벌어진 틈으로 화장실 안을 살펴보는 여자의 그림자와 마주쳤다.

"어머나! 사람이 둘이나 들어가 있어요. 변태 짓 한 놈들이 애들 같아요. 저 삼선 슬리퍼랑 운동화 좀 봐요. 학생들 같아요."

슬리퍼를 신은 사람은 거미 형이었다. 그러자 엉덩이의 주인공도 문 밑 틈으로 우리의 발을 확인하는 듯했다. 우리는 그들이 제발 화장실에서 나가 주길 바랐다. 그래야만 튈 수 있고 살아날 수 있는 것이다. 그런데 두 여자는 나갈 생각을 하지 않고 현장을 지키고 있었다.

엉덩이 여자가 사무실로 전화를 해서 직원들을 불러냈다. 그들이 뛰어오는 데는 십 초도 걸리지 않았다. 남자는 다짜고짜 옆 화장실로 들어가더니 벽체의 뚫린 구멍으로 우리를 살폈다. 우리는 완전히 포위된 채로 현장을 들키고 말았다. 전세가 역전된 것이다. 여자 엉덩이를 살펴보던 구멍은 반대로 두 범죄자를 바라보는 렌즈가 되었다. 우리는 얼음처럼 졸아붙었다.

"문 열어, 이 자식들아. 안 열어. 문 부수기 전에 빨리 나오지 못해.”

남자의 험악한 목소리는 공포 그 자체였다. 내가 낮은 소리로 속삭였다.

“형, 어떻게 할 거야?”

거미 형의 얼굴은 겁에 질려 곧 울음이라도 터질 것만 같았다. 나 역시 무섭고 두려웠다.

“어떻게 하냐고! 그냥 빨리 나가서 잘못했다고 해!”

내가 형을 밀어내듯 하자 형은 할 수 없이 문 쪽으로 몸을 돌렸다. 그 결단의 모습이 비장해 보이기까지 했다. 문 밖으로 나가자 저절로 팔이 올라가 얼굴을 가리기에 바빴다. 우리의 모습은 아마도 텔레비전 뉴스에서 봐 오던 모습과 흡사했을 것이다. 마치 대형 범죄를 저질러 수갑을 찬 채 이젠 끝이구나 하는 심정으로 여러 취재진 앞에 모습을 드러낸 야생의 강력범 같았을 것이다.

“우−.”

“나쁜 놈들!”

“저런 놈들은 혼 좀 나야 해.”

귓가에는 여기저기서 비난하는 목소리가 들려오는 듯했다.

우리의 모습을 보기 위해 구경 온 사람들은 범인들의 실체를 확인한 순간 경악을 금치 못하는 듯 놀란 표정이겠지.

"어머머머, 세상에!"

"이제 보니 아주 쪼그만 자식들이 못된 짓을 하고 있었네."

남자들의 우악스런 손에서 꿀밤 세례가 연이어 터졌다.

"가자, 이놈들!"

남자 두 명이 범인을 체포한 것처럼 당당하게 우리를 하나씩 꽉 붙잡고 있었다. 나는 끌려가면서 겁에 질려 기어코 울음을 터뜨리고 말았다.

"난 몰라요. 아무것도 모른다고요. 이 형이 가자고 해서 온 것뿐이에요."

내가 안 끌려가려고 발을 질질 끌면서 저항하자 남자는 손을 놓았다.

"다시는 안 그럴게요. 용서해 주세요."

거미 형도 겁에 질려 얼굴이 빨갛게 상기되어 있었다.

"걔는 애가 좀 순진해 보여요. 진짜 아무것도 모르는 애 같지 않아요?"

엉덩이 주인공이 내게 자비를 베풀었다. 그러자 남자가 거미 형을 툭 치며 말했다.

"구멍 네가 뚫은 거지? 언제부터 여기서 나쁜 짓 했는지 말해 봐."

남자들은 우리를 사무실로 끌고 가 의자에 강제로 앉힌 뒤 자백을 강요했다.

"언제부터 나쁜 짓 했냐고. 말 안 해? 이 녀석 혼 좀 나 봐야겠군."

다그치자 거미 형은 이야기를 하기 시작했다.

거미 형의 엄마는 이 건물의 청소부였다. 그런데 얼마 전 잘리고 말았다. 잘린 이유는 이렇다.

거미 형의 엄마는 매일 아침부터 꼬박 여덟 시간 동안 건물 화장실과 복도를 청소하고 있었다. 그리고 받는 돈은 고작 월 백만 원이 안 되었다. 최저 임금, 딱 그만큼의 액수였다. 건물 사장은 어찌나 짠지 그나마 임금도 제때 안 주고 꼭 밀려서 줬다. 그 돈으로 할머니와 거미 형 그렇게 세 식구가 살아갔다. 아빠는 거미 형이 엄마 뱃속에 있을 때 공사장에서 일하던 중 사고로 돌아가셨다.

거미 형은 어느 날 피시방 갈 돈을 달라고 조르기 위해 엄마가 청소하고 있는 이 건물로 찾아왔다. 자신이 날마다 들락거리는 피시방의 바로 옆 건물에서 엄마가 일하고 있다는 사실이 거미 형은 말할 수 없이 든든했다.

'엄마는 아주 가까운 곳에 있다. 내가 부르면 언제든 달려올 수 있는 곳에.'

한 번은 외상으로 컵라면을 먹고 엄마를 피시방으로 불러낸 적도 있었다. 그때도 엄마는 크게 야단치지 않고 용돈을 주고 갔었다. 돈도 돈이지만 어리광 부리듯 엄마를 불러내는 일이 거미 형은 즐거웠다.

그날도 용돈이나 조금 받아 올 작정으로 옆 건물로 찾아갔다. 엄마는 땀을 흘려 가며 힘들게 일하고 있었다. 돈을 달라는 거미 형의 말에, 엄마가 큰 한숨을 쉬었다.

"에휴 이놈아, 엄마가 얼마나 힘든 줄 알아? 지금 열흘이 넘도록 월급을 못 받아서 돈 한 푼 없어. 사장이 못돼 먹어서 그만두고 싶다가도 집에서 가까워 차비가 안 드니까 그냥 다니는 거야."

거미 형은 그날 본 엄마 모습이 안쓰러웠다고 했다. 그래서 다음 날부터 학교가 끝나면 이곳으로 와 엄마의 일을 도왔다. 어느 날 화장실 청소를 돕다 보니 화장실 벽에 구멍이 난 것을 보게 되었단다.

"말을 했는데도 안 고치네. 그래서 내가 종이로 구멍을 틀어막고 이렇게 청테이프로 붙여 놓은 거야. 건물 사장이 얼마나 짠돌인지 한 번씩 타 먹는 믹스커피마저도 없애 버렸다."

그 소리를 들은 거미 형은 노랑이 짓 하는 사장이 미웠다.

'노랑이 사장한테 복수할 방법은 뭘까?'

그때부터 거미 형은 건물 안 여기저기를 돌아다니며 슬쩍슬쩍 기물을 파손시켰다. 숨겨 온 돌로 유리창을 찍어 금을 내 놓기도 하고, 하루는 망치를 숨기고 들어와 화장실 벽체를 후려갈겼다. 그런데 사장이 얄미워 저지른 일의 최대 피해자는 결국 엄마가 되고 말았다. 기물이 자꾸 파손되는 것에 대해 사장은 엄마에게 책임을 물었다. 엄마는 결국 그곳에서 쫓겨났다. 엄마가 잘리고 나자 거미 형은 그 분풀이로 화장실 안에 저질스런 욕을 써 놓고 다녔다. 그러다 구멍이 난 화장실을 다시 보게 되었다.

"그 작은 구멍이 이상하게도 블랙홀처럼 저를 잡아당겼어요."

이어서 거미 형은 이렇게 말했다.

"저는 그곳에 작은 구멍이 나 있다는 사실이 재미있었을 뿐이에요. 결코 여자 엉덩이를 보고 싶어서 그런 게 아니에요. 그냥 구멍을 본 것뿐이에요. 믿어 주세요. 그리고 오늘이 딱 두 번째예요."

거미 형은 음흉한 마음은 없었다고 여러 번 강조했다. 그저 장난기에 의한 충동적인 일이었고, 구멍 자체가 흥미로웠을 뿐이라고 변명을 했다.

"허 참! 이 녀석, 말도 뻔뻔하게 잘하네. 여자 엉덩이를 본 게 아니고 그저 구멍이 신기했다? 그래서 구멍만 본 거다? 지금 그 말을 믿으라는 거냐?"

목소리가 걸걸한 남자가 어이없다는 듯 거미 형 머리를 쥐어박았다.

"그 아줌마 기억 나. 항상 친절하고 청소도 깔끔하게 했었는데……."

엉덩이를 내보였던 여자가 말했다.

"아무리 건물 주인이 밉다고 해도 학생이 나쁜 짓 하고 돌아다니면 되겠어? 계속 그러고 다니면 넌 범죄자밖에 더 되겠니?"

어른들의 꾸지람에 거미 형은 고개를 푹 숙인 채 '잘못했습니다'만 연발했다.

"그래도 엄마를 도왔다는 게 착하네."

엉덩이 여자가 약간의 동정심을 내보였다. 어른들은 잠시 의논을 하더니 종이에 이름과 학교, 부모님 이름 그리고 전화번호를 적으라고 했다. 또다시 이런 일이 생기면 그땐 책임을 묻겠다고 했다.

휴-! 우리는 다행히도 훈방 조치된 것이다. 이건 순전히 거미 형 엄마 덕분이었다.

　돌아오면서 내가 거미 형에게 물었다.

　"정말 오늘이 딱 두 번째야? 혹시 거짓말 아니야?"

　그러자 거미 형은 음흉한 웃음을 지었다.

　"궁금해? 궁금하면 돈 내놔. 그러면 진실을 가르쳐 주지."

　농담 반, 진담 반 건네는 거미 형의 속내를 진짜 모르겠다. 이름과 연락처 등 인적사항도 맞게 적은 것일까. 거짓으로 적어 놓고 온 것은 아닐까. 여자 엉덩이를 보려 한 게 아니라 단지 블랙홀 같은 구멍에 끌려 구멍을 본 것뿐이라는 거미 형 말이 사실일까. 나는 어쩐지 거미 형을 믿을 수가 없다.

한 지붕 개족

집으로 돌아온 나는 완전히 넋이 빠져 있었다. 홀로섬에서 존재를 드러내지 않은 채 큰 부대낌 없이 살아왔던 내가 남 앞에 모습을 드러내고 된통 혼난 일은 큰 충격이었다. 무거운 마음으로 시무룩하게 앉아 있는데 열 시가 넘어서야 엄마가 들어왔다.

"우리 아들, 잘 있었어? 밥은 먹었고?"

나를 끌어안는 엄마에게서 화장품 냄새와 술 냄새가 뒤섞인 역겨운 냄새가 났다. 이 냄새는 어릴 때 맡았던 엄마 냄새가 아니다. 나는 엄마를 밀어내며 몸을 뒤로 뺐다.

"육개장 데워 먹었어?"

엄마는 주방으로 가서 냄비 뚜껑을 열어 보더니 화를 벌컥 냈다.

"또 컵라면 먹었어? 밥은 하나도 안 먹고 컵라면만 두 개 먹은 거야?"

조리대에 널려 있는 컵라면 용기를 보고 하는 말이었다.

"그냥 입맛이 없어서……."

솔직히 입맛이 없었던 건 사실이다. 며칠째 먹는 육개장이 지겨워서 먹기 싫었다. 요즘 엄마는 요리를 완전히 손에서 놓아 버렸다. 집에 와도 밥을 할 생각을 안 한다. 아빠는 지방 출장이 잦다 보니 집에 들어와 밥을 먹는 건 일주일에 두세 번이다. 엄마는 거의 밖에서 먹고 온다. 나도 라면이나 자장면, 혹은 즉석 식품으로 때운다.

"치킨 시켜 줄까?"

엄마가 기분 좋은 날 내뱉는 메뉴다. 엄마는 가끔 배달 음식을 시켜 주는 것으로 엄마의 역할을 다 한 것처럼 위안 삼는다. 내가 대답도 안 했는데 엄마는 의기양양하게 전화를 걸어 주문했다.

"오늘 별일 없었고?"

엄마는 늘 똑같은 질문을 했다. 그건 답을 듣기 위한 것보다는 습관적인 질문이다. 나는 오늘 있었던 특별한 일, 졸지에 음

란한 관음증 변태 환자가 됐던 일을 말하고 싶은 생각은 없었다. 그리고 별로 마음에 들지 않는 거미 형이 우리 집에 왔었던 것도 밝히고 싶지 않았다.

얼마 뒤 주문한 치킨이 배달되어 왔다. 엄마가 돈을 지불하는 사이 아빠도 들어왔다. 아빠가 들어오자 엄마의 얼굴은 대번에 뿌루퉁해졌다. 두 사람은 무늬만 부부이다. 분명 사랑해서 나를 낳은 것일 텐데 지금은 서로를 증오하는 것처럼 보인다.

"밥은?"

엄마의 무뚝뚝한 질문에 아빠가 무뚝뚝하게 답한다.

"안 먹었어."

"범이랑 같이 치킨으로 때우든지."

"밥 안 먹었다니까. 밥 줘."

"지금 몇 신데 여태까지 밥도 안 먹고 다녀?"

엄마가 짜증 섞인 목소리로 말했다. 잠시 후 식탁에 밥상이 차려졌다. 그래 봐야 육개장에 달랑 김치 하나뿐이다.

"맨날 반찬이 이게 뭐야? 어휴, 집에 와도 뭔 재미가 있어야지."

아빠가 육개장 국물에 밥을 말며 말했다.

"재미? 쳇! 누군 재밌어서 살아? 나도 하루 종일 힘들다고."

"그러게 누가 회사 다니래? 집구석에 있으면 되잖아."

아빠가 자리에서 일어서더니 냉장고 문을 열어 소주를 찾는다. 그리고 지난번 먹다 남긴 소주를 따라 가며 밥이랑 먹는다. 나는 그 옆에서 눈치를 보며 치킨을 뜯는다.

"누군 다니고 싶어 다니는 줄 알아? 아직 빚이 산더미인데, 그럼 놀까? 제발 돈 걱정 안 하게 돈 좀 펑펑 벌어 와 봐."

그 말에 아빠는 급소를 찔린 듯 아무 말도 못 한다. 정수기 대리점의 김 과장으로 불리는 아빠는 언제 봐도 초라하다.

"다음 달 대출 빚 상환 날짜 돌아오는데 어떻게 할 거야?"

엄마는 아빠를 채무자 취급하듯 몰아세웠다.

"그러게 왜 이 집은 사 가지고 난리야? 그놈의 대출 이자 내느라 날마다 허덕이는 꼴이라니!"

아빠 목소리가 커졌다. 그러자 엄마 목소리도 커졌다.

"당신이 월급 많이 받아 오면 이런 일 없잖아. 맨날 만년 과장이니 꼴이 이 모양이지."

나는 귀를 막고 싶었다. 언제까지 돈 얘기로 서로를 미워할 건지. 두 사람은 등을 돌리고 앉아 있다. 우리 세 식구의 평소 그림이다. 나를 가운데 두고 양쪽으로 두 사람이 떨어져 앉아 각기 다른 곳을 바라보고 있다. 이런 그림 속에서 나는 중간 통역사다. 한 사람이 물으면 한 사람은 아무 대답이 없기 때문에 내가 중간에 다리를 놓아야 한다. 하지만 나는 그 역할을 잘 못 한다.

"범이 넌 공부 잘하고 있는 거야?"

평소 내 공부에 별로 관심 없는 아빠가 웬일로 공부에 대해 물었다. 그러자 엄마가 작은 소리로 구시렁거렸다.

"웬일이래? 애 공부에 신경을 다 쓰고!"

"뭐라고?"

아빠가 또 버럭 소리를 질렀다.

"야, 너희 엄마 지금 뭐라고 했냐?"

아빠 물음에 나는 아무런 대답을 하지 않았다. 평소에도 그렇지만 오늘은 더욱 대답하고 싶지 않았다. 그러자 아빠가 대뜸 화를 냈다.

"짜식이 뭘 물어도 대답할 줄을 몰라! 에이, 요즘 애들은 왜 다 저 모양인지."

그러자 엄마가 내 편을 드는 것처럼 위장하면서 아빠를 공격했다.

"아니 가만히 있는 범이한테 왜 그래? 평소 아들이랑 대화도 없는 사람이. 쳇!"

그러자 아빠가 또 소리를 질렀다.

"직장 핑계 대고 맨날 싸돌아다니지 말고 집에 신경 좀 써. 도대체 애가 뭘 하는지, 집구석에 먹을 게 있는지 신경이나 쓰라고!"

사실 나도 엄마가 먹을 거에는 신경을 써 줬으면 좋겠다. 우리 집엔 쌀은 있는데 밥은 없다. 집 밥은 관심과 이해라던데……

아빠의 잔소리에 엄마가 뚱한 표정만 지어 보였다. 집안 분위기가 또 싸늘해졌다. 도대체 이 집은 언제쯤에나 '행복한 우리 집'이 될는지.

먹을 걸 다 먹고 나자 아빠는 거실에 누워 늦도록 텔레비전을 봤다. 엄마는 안방에서 스마트폰을 보고 있다. 스마트폰을 보면서 이따금 혼자 킥킥거린다. 나는 내 방으로 들어와 버렸다. 이제 저러다 아빠는 코를 골며 그대로 거실에서 잠이 들 것이고, 엄마는 엄마대로 화가 난 듯 안방에 불을 확 꺼 버리고 잠이 들 것이다. 우리는 한 집 안에 모여 살고 있는 가족(家族)이 아니라 따로따로 노는 개족(個族)이다. 삼각 구도의 뾰족집은 이렇게 돈타령 빚타령에 각자 각을 세우다 슬며시 하루를 마감한다. 미처 정리되지 않은 감정마저도 감싸 안아 버리는 어둠이 있다는 게 얼마나 다행인지!

모범과 불량의 차이

아치형 장미 덩굴 아래서 나은호를 본 이후부터 나는 그쪽으로 다니는 이상한 버릇이 생겼다. 일부러 돌아가게 되는 꼴인데도 꼭 아치형 문을 통과해서 간다. 사실 외지고 좀 그늘진 느낌의 그곳이 맘에 든다. 뿐만 아니라 가시를 매달고 있는 도도한 붉은 장미가 철제 문과 담장에 슬며시 기대어 향기를 뿜어 내는 것도 끌린다.

오늘은 수요일. 대부분의 학생들이 일찍 끝난다. 나은호도 일찍 올 것이다. 나는 하릴없이 부근을 배회하며 시간을 보냈다. 그때 거미 형한테 메시지가 왔다.

"너희 집에 왔는데 너 어디냐?"

그 메시지를 보는 순간 기분이 나빠졌다. 뭐 이따위가 다 있어. 허락도 안 했는데 누구 맘대로 우리 집엘 온단 말인가.

"나 학원이야. 아직 안 끝났어."

메시지를 보내고 났는데 가까운 곳에서 "우헤헤!" 하는 웃음 소리가 터졌다. 깜짝 놀라 주변을 둘러보니 거미 형이 순간이동이라도 한 듯 내 앞에 서 있었다.

"짜식! 여기서 만날 줄이야. 나랑 노는 게 그렇게 싫으냐?"

"그, 그게 아니라⋯⋯."

"그게 아니면 왜 거짓말하는 건데, 인마!"

거미 형이 인상을 쓰면서 내 뒤통수를 탁 쳤다. 순간 그 작은 폭력이 공포감을 불러일으켰다. 그건 과거의 기억을 떠올리는 대단히 기분 나쁜 경험이었다. 만일 이런 폭력이 계속된다면 나는 저항도 못 한 채 거미 형의 밥이 되고 말 것이다. 어쩌면 곁에 들러붙어 두고두고 나를 괴롭힐지도 모른다.

거미 형에게 집을 알려 준 게 후회되면서 '거미' 저 인간이 어떤 인간인지 궁금해졌다. 조금은 둔하고 미련해 보이지만 어쩐지 비밀스런 과거를 지니고 있을 것만 같았다. 나는 거미 형을 뚫어지게 바라보았다. 그 순간 거미 형과 시선이 마주쳤는데, 몸에 전율이 느껴지는 강렬한 눈빛이었다.

"왜 그렇게 쳐다봐. 내가 궁금해?"

나는 그 말에 한 번 더 놀랐다.

"아, 아니 그냥……."

내가 고개를 숙이자 거미 형의 얼굴 표정도 곧바로 풀렸다.

'휴!'

하지만 순간 느꼈던 공포는 이미 내 머릿속에 강력하게 박혔다.

그때였다. 아치형 장미 덩굴 문으로 나은호가 들어오고 있었다. 나는 바짝 긴장하며 재빨리 거미 형을 커다란 주목나무 뒤로 잡아끌었다.

"쉿!"

"왜 그러는데? 너 쟤 알아? 숨어서 지금 뭐 하는 거야. 쟤 우리 반 나은호야."

"형이랑 같은 반이라고?"

일이 슬슬 재밌어진다. 거미 형도 나은호를 잘 알고 있다니. 우리는 또 한 배를 탄 염탐꾼이 된 것이다. 나은호와의 거리는 가깝지만 우리는 지금 몸을 숨겨 상대는 전혀 모르고 있다.

"지금 대체 뭐 하는 건데?"

"쉿! 조용히 해. 나중에 얘기해 줄게."

내 말에 거미 형은 영문을 모르겠다는 듯 눈만 끔벅였다. 역시 오늘도 나은호 옆에는 여학생이 있었다. 인상착의가 그때 그 여학생이 분명하다. 둘은 손을 잡고 들어와 벤치에 나란히 앉았다. 나은호가 여학생의 어깨를 감싸 안았다. 둘의 대화 소리가 작아서 잘 들리지는 않지만 여학생은 나은호 엄마의 안부를 묻는 것 같았다. 그러자 나은호가 대답했다.

"응. 지금 입원 치료 중이야."

여학생은 용모가 단정한 느낌이었다. 지난번 엘리베이터 안에서 본 여학생처럼 화장을 하지는 않았다. 눈에 확 띄는 예쁜 얼굴은 아니지만 순수해 보이면서도 밝게 미소 짓는 얼굴 그리고 오똑한 콧날과 붉은 입술이 충분히 시선을 끌 만했다.

두 사람은 무슨 일인지 몰라도 심각해 보였다. 여학생은 작은 소리로 소곤거렸고 나은호는 여학생의 어깨를 감싸 안은 채 귀를 기울이고 있었다. 가끔 둘이 눈빛을 교환하기도 하고 나은호가 말하고 있는 여학생 볼에 부드럽게 입을 맞추기도 했다. 그럴 땐 내 몸에 찌릿한 전율이 느껴졌다.

그때 생각지도 못한 일이 벌어졌다. 거미 형이 말 한마디 없이 갑자기 나은호 앞으로 성큼성큼 다가가는 게 아닌가.

"야, 나은호! 너 여기 사냐? 헤헤."

나은호에게 아는 척하는 거미 형의 행동이 조금 어색해 보였다. 갑작스런 거미 형의 출연으로 여학생은 자신의 어깨를 감싸고 있던 나은호의 팔을 재빨리 걷어냈다. 반면 나은호 얼굴은 아무런 변화도 없었다. 거미 형을 철저히 무시하는 것처럼 보였다. 그래도 거미 형은 전혀 기죽지 않았다. 오히려 커다란 목소리로 나무 뒤에 숨은 나를 불러냈다.

"야, 범! 이리 와."

나는 모습을 드러내야 하는 일이 쑥스러워 도망치고 싶었다. 그런데 도망칠 새도 없이 거미 형이 다가와 내 옷자락을 움켜쥐고 나은호 앞으로 끌고 갔다.

"야, 인사드려라. 형 친구 나은호시다."

그러나 나은호는 관심 없다는 표정이었다.

"아…… 안녕하세요."

이럴 때 나는 또다시 개미가 되고 만다. 어쩌다 잘못 기어 나와 나은호 팔에 오른 개미! 지난번 화장실에서의 악몽이 떠올랐다. 여자의 엉덩이를 구경하던 작은 구멍이 상황 역전으로 내 모습을 내보이는 구멍이 된 것처럼 말이다.

"넌 뭐고, 갠 뭐냐?"

나은호가 무뚝뚝하게 물었다.

"여기 사는 내 부하야. 헤헤."

"걔가 너 부하 하겠대? 그리고 넌 여기 왜 왔는데? 방해하지 말고 빨리 꺼져."

나은호가 명령하듯 말하자 거미 형은 입을 꾹 다문 채 몸을 돌렸다. 나도 거미 형을 따라 몸을 돌렸다. 그런데 몇 걸음 걷던 거미 형이 나은호를 향해 말했다.

"야, 나은호! 짱 그 자식……, 진짜 찌질하고 비열한 놈이거든. 그러니까……."

그 말에 나은호가 고개를 돌려 거미 형을 바라보았다. 거미 형은 쭈뼛거리며 뒷말을 흐리더니 그곳을 빠져나왔다. 나는 더 이상 나은호의 모습을 관찰할 수 없게 되어 실망스러웠다.

"저 형하고 친해?"

"그냥 조금."

"저 형 일진이지?"

"응. 일진 얼짱이야."

"일진 얼짱은 뭔데? 제일 대장이야?"

"일진에는 싸움을 제일 잘하는 몸짱이 있고, 그 옆엔 잘생긴 얼짱이 있어. 그리고 두루두루 발이 넓어 인맥을 자랑하는 간판이 있지. 그 밑엔 까불대는 찌질이가 있고. 나은호는 우리 학교 일진 얼짱이야."

"근데 형은 그 세계를 어떻게 그렇게 잘 알아?"

"하하! 나도 좀 놀아 봤거든."

"정말? 그럼 형도 일진이었어?"

"아, 그건 아니고……. 근데 넌 나은호를 왜 숨어서 지켜보는 거냐?"

나는 나은호에게 갖고 있는 묘한 적대감을 그대로 말할 수 없었다.

"그냥, 좀 궁금해서. 저 형 멋있잖아. 우리 집 바로 아래층 살아."

"정말? 너희 집 아래층에 산다고?"

거미 형의 발길은 자연스럽게 우리 집으로 향했다. 나는 제 맘대로 우리 집으로 향하는 거미 형이 싫었다. 그러나 오지 말라고 말할 용기는 없었다. 집에 들어가자마자 거미 형은 또 마음대로 냉장고 문을 열었다. 이번엔 냉동실까지 뒤지더니 기어코 냉동 만두를 찾아냈다.

"야, 라면 있지? 내가 끓일게."

거미 형은 익숙한 솜씨로 만두라면을 끓이기 시작했다. 나는 거미 형이 대놓고 우리 집엘 드나들 것만 같아 기분이 언짢아졌다. 그런데 그런 언짢음도 잠시, 나는 거미 형이 들려주는 나은호 얘기에 빠져 있었다. 거미 형에게 들은 나은호의 얘기는 좀 놀라웠다. 나은호에게 의외의 모습이 있었기 때문이다.

나은호는 교실 안에서는 무척 모범적인 학생이라고 한다. 선생님들로부터 칭찬도 많이 받는다고 한다. 그런데 가끔 그가 보이는 또 다른 모습에 아이들은 놀랄 때가 있다고 한다. 이미 초등학교 때 친구를 때려 코뼈를 부러뜨린 적도 있지만 중학교 올라와서도 종종 폭력 행위를 한다는 점이다. 아쉬울 것 없어 보이는 나은호가 손가락질 받는 일진 멤버라는 것도 이상했다. 그러나 선생님들은 이런 나은호의 모습을 애써 외면한다고 한다.

"어쩌면 알고 있으면서도 모범적인 모습만을 기억하려는 것일지도 모르지. 선생님들은 공부 잘하는 애들에 대해 너그러우니까."

거미 형은 이미 선생님들의 심리마저 다 파악하고 있는 것처럼 보였다.

"게다가 학교 앞에서 일어난 폭력 사건도 나은호가 주동자라는 소문이 있는데, 그런 제보가 들어가도 당최 나은호 짓으로 인정을 안 한다는 거야."

게다가 나은호는 교실 안에서 유난히 교과 성적에 집착하여 강박 증세까지 보일 정도라고 했다. 나는 점점 더 궁금해졌다.

"나은호의 최대 콤플렉스가 뭔 줄 알아?"

거미 형이 한 알 남은 만두를 건져 올리며 말했다.

"그게 뭔데?"

"나은호는 죽어도 일등은 못 해. 그게 나은호의 최대 콤플렉스야."

"그럼 몇 등 정도 하는데?"

"딱 삼등에서 오등 사이. 그게 나은호 성적이야. 나은호는 병적으로 일등에 집착을 해서 그게 참 이상해. 그 모습은 결코 일진 짱다운 모습이 아니거든. 한 번은 사고를 친 적이 있어."

거미 형은 냄비째 들고 후루룩 국물을 들이켠 뒤 비로소 내 얼굴과 마주했다.

"지난번 중간고사 무렵 교실에서 이상한 일이 벌어졌어. 사물함에 있는 책과 공책 등이 어느 날 싹 사라진 거야. 시험 기간이 다가올 무렵이면 공부 좀 한다는 아이들은 사물함에 넣어 두고 다녔던 책과 공책들을 하나씩 챙겨 가곤 하는데 반에서 일, 이등을 다투는 아이들의 교과서 및 교재들이 싹 사라진 거야. 뿐만 아니라 책가방에 넣어 둔 시험 범위 프린트물까지. 특히 1학년 때부터 일등을 한 번도 놓친 적이 없는 악발이 송선미는 울고불고 난리가 났지. 범인을 찾겠다고 이를 득득 갈았어. 송선미는 보통 무서운 애가 아니거든. 특목고 들어가서 서울대를 가겠다고 벼르는 아이야. 중2가 벌써 서울대를 목표로 공부하고 있다니까."

거미 형은 질려 버렸다는 듯이 고개를 절레절레 흔들며 이야기를 해 나갔다.

송선미가 불특정 다수의 아이들을 쏘아보며 얘기했다.

"이건 누군가 고의적으로 벌인 도난 사건이야. 누군지 잡아내고 말 거야."

마침내 담임선생님이 들어와 송선미에게 물었다.

"이런 일이 왜 일어났다고 생각하지?"

"뻔하지 않겠어요. 보나마나 일등에 집착하는 누군가의 더러운 소행이겠죠."

늘 일인자의 위치에 있는 송선미가 이인자인 윤나래를 쏘아보았다. 윤나래가 자리를 박차고 발딱 일어섰다.

"나 아니거든! 나도 피해자야. 나도 너처럼 책과 공책 그리고 가방 안에 있던 프린트물까지 싹 잃어버렸다고."

"자, 자 조용히해! 프린트물은 새로 얻으면 될 것이고 지금……."

담임선생님 말이 채 끝나기도 전에 윤나래가 쏘아붙였다.

"책이랑 프린트, 공책에 빽빽이 설명 다 적어 놨다고요. 그건 어쩔 건데요! 저는 제 책으로 봐야 공부가 된다고요!"

"알았어, 알았어. 자, 조용히해! 범인은 선생님이 잡을 테니 어쨌든 너희들은 책을 제본 뜨든 새로 사든 시험 공부나 해라."

그때 담임선생님이 나은호를 바라보았다.

"나은호, 너도 분실한 것이 있나?"

그러자 나은호가 낮고 침착한 목소리로 대답했다.

"네. 저도 다 분실했습니다. 그래서 다른 반에서 빌려 제본을 떴습니다."

나은호가 복사해서 묶은 책을 들어 보였다.

"그래. 빠르게 대처했구나. 어쨌거나 이 사건의 책임은 너희들에게도 있어. 왜 사물함을 잠그지 않고 그냥 다닌 거지? 명백한 너희 잘못이야."

서른네 명의 반 아이들 중 대다수는 이 사건과 관계가 없으니 지루한 듯 하품을 하며 빨리 종례가 끝나기만을 기다렸다. 이 아이들의 절반은 시험 시작한 지 십 분도 되지 않아 책상에 엎드려

잠을 청하는 아이들이다.

"흠, 그래도 사물함에 불을 지르지 않은 것만으로도 다행이라 생각되는구나. 거 참!"

담임선생님이 기가 찬 듯 한숨을 내쉬었다.

어느 외고에서 성적 경쟁에 시달리던 학생 하나가 실제 사물함에 불을 지른 사건이 있었다고 한다. 다행히 불은 초기에 진압해 큰불로 번지지는 않았으나 그 사건을 저지른 학생은 외고에서도 전교 삼 위 성적권에 드는 학생이었다고 한다. 그 학생은 심한 정서불안증에 시달리다 결국 학교를 자퇴했다고 한다.

그렇게 며칠이 지난 뒤, 사물함 도난 사건의 범인으로 나은호 이름이 슬그머니 나오기 시작했다. 그 일을 저지른 애는 일진 서열 제일 끄트머리인 아이였고, 그 배후가 나은호라는 소문이었다. 송선미와 윤나래는 경악했다. 왜냐하면 평소 나은호는 너무나 멋진 녀석이어서 그런 비겁한 행위를 할 인물이 아니라는 절대적인 믿음이 있었기 때문이었다.

한 번은 반에 이상한 사진이 돌아다닌 적도 있었다. 스마트폰으로 여학생의 치마 속을 찍은 사진이었다. 남학생들은 그 사건을 장난 정도로 여겼지만 여학생들에겐 매우 불쾌하고 충격적인 일이었다. 대체 이런 사진을 누가 찍어서 돌린 건지 궁금하지 않을 수 없었다. 그런데 그 사건의 배후도 나은호라는 소문이 돌았다. 여학생들은 담임선생님한테 그 사실을 알렸다. 하지만 선생님은 공부 잘하는 나은호를 의심하지 않았다. 오히려 그 사건으로 학교 문제가 커질까 봐 '쉬쉬' 하는 분위기였다.

"암튼 나은호는 참 알 수 없는 아이야. 걔가 그렇게 성적에 집착하는 것은 형 때문이라는 소문도 있어. 형이 천재라며?"

그 말을 듣는 순간 나도 모르게 "맞아!" 하고 소리쳤다. 나은호 나석호 형제를 잘 아는 나로서는 그 말이 충분히 일리가 있다고 생각했다.

거미 형이 이야기를 마쳤을 무렵, 현관 벨이 울렸다. 나는 평소처럼 그 벨소리를 무시했다. 저렇게 한 번 누르다 아무 응답이 없으면 대부분 그냥 가 버리기 때문이다. 그런데 방문자는 집요하게 벨을 눌러 댔다.

"야, 나가 봐!"

거미 형은 벨소리가 짜증난다는 듯이 인상을 썼다. 그러더니 마음대로 밖을 향해 "누구세요." 하고 외쳤다.

"나, 나은호야!"

그 소리에 우리 둘은 전기에 감전된 듯 놀랐다. 나는 머리까지 쭈뼛 섰다. 문을 열자 나은호가 서 있었다.

"할 말이 있어서 왔어. 나, 아래층에 사는 거 알고 있지? 나도 네가 우리 위층에 사는 애라는 것은 알고 있어."

거미 형은 나은호를 보자 반가운 기색이었다.

"야, 거기서 그러지 말고 일단 들어와."

그러나 나은호는 꼼짝하지 않고 나만 뚫어지게 바라보았다.

"오늘 여자 친구랑 함께 있었던 일, 특히 너희 엄마에게 말하지 마."

"무슨 일?"

"오늘 너랑 나랑 서로 얼굴 튼 이후로 보게 되는 그 어떤 것도 너희 엄마에게 얘기하지 마. 만일 그랬다간 넌 이 아파트에서 이사 가야 할 거야."

귀공자처럼 보였던 나은호 얼굴이 순간 쩨쩨한 좁쌀로 보였다. 솔직히 오늘 본 일이 특별한 것은 아니었다. 그런데 집까지 찾아와 협박하듯 말하는 게 이상했다.

"아, 알았어. 형."

"너희 엄마는 왜 그리 남의 일에 관심이 많냐? 가끔 엉뚱한 이야기를 우리 엄마한테 하는 걸 봤어."

그 말에 내가 죄인인 양 고개를 푹 숙였다. 그런데 이상하다. 나은호는 뭐가 저렇게 두려운 걸까. 정말 자신의 엄마가 두려운 걸까. 아니면 엄마에게 걱정을 끼치기 싫어 그러는 걸까.

"야, 들어오라니깐."

거미 형이 자꾸 제 집인 양 나은호에게 손짓을 했다.

"한검희, 넌 이제 이 동네 오지 마라. 너 오는 게 싫다. 찐따 같은 놈!"

나은호의 말 한마디에 거미 형은 풀이 팍 죽었다. 나은호는 곧바로 계단을 내려갔고, 나는 그제야 거미 형의 이름이 '한검희'라는 것을 알았다.

샤이니, 정해리

샤이니의 글이 올라왔다. 나는 재빠르게 클릭을 했다.

'열네 살의 초코파이'가 끝나고 새로 시작된 소설이다. 제목은
'업무상 과실치사'였다. 나는 '과실치사'라는 말을 인터넷에서 찾
아 보았다. 과실치사는 과실로 인해 사람을 죽게 한 것을 말하는
것이었다. 그러니 '업무상 과실치사'라는 말은 업무상 어쩔 수 없
이 저지른 사건을 말하는 것 같았다.

"넌 명백한 과실치사로 태어난 아이야. -_-"

"……."

"너희 엄마 아빠의 업무상 과실치사로 태어난 아이라고!!!!"

"됐어. 집어치워!!!"

김은우가 인상을 쓰면서 말했다.

"흥, 왜? 내가 네 비밀을 건드렸니? 고흐가 일 년 전에 죽은 형의 대체된 아이로 살았던 것처럼……."

"그게 무슨 소리지? 지금 고흐가 왜 나와!!!!>0<!!!!!"

"너도 결국 너희 형의 그림자에 불과해. 항상 형의 발밑에 밟히는 그림자 말이야."

"……."

"넌 대체된 인생이 될 뿐이고, 형의 환영에서 벗어나지 못할 거야. ㅠㅠ"

심장을 찌르는 듯한 현아의 말 한마디 한마디에 김은우는 강펀치를 맞는 기분이었다.

김은우는 순간 현아의 목을 조르고 싶은 충동을 느꼈다. 그러나 더욱 다정한 목소리로 말했다.

"가자. 우리 집으로."

"너희 엄마 있잖아."

"없어. 정신과에 입원 중이야."

둘은 어느새 아파트 장미 덩굴 문 아래로 걸어가고 있었다. 김은우는 아치형 장미 덩굴 문 앞에서 현아의 두 볼을 감싸 쥐었다. 그리고 악마처럼 키스하려는 순간!!!

ㅇ_ㅇ정말 재수 없는 인간이 그들을 방해했다.

'저 쪼그만 녀석은 뭐야?' =_+

김은우는 그 녀석을 알 것 같았다. 한 대 패고 싶은 충동을 느꼈다. 저 하찮은 녀석의 존재란?

'저런 하찮은 녀석들은 중요한 순간에 중요한 일을 방해하는 재수 없는 인간들이야.'

소설은 이모티콘을 사용하며 쓰여 있었다. 그런데 읽다 보니 이상한 부분이 자꾸 눈에 들어왔다. 주인공 이름이 은우인 것과 아치형 장미 덩굴 문이 나오는 것, 또 장미 덩굴 문 아래서 키스하려는 순간 방해당하고 마는 상황들이 불과 며칠 전 일어났던 일들과 흡사했다. 나는 소름이 돋았다.

'저 소설을 쓰는 샤이니, 즉 우리 반 정해리는 과연 누구인가?'

나는 이상한 생각이 들었다. 정해리는 어쩌면 지금 나은호의 일을 소설로 쓰고 있는 것이 아닐까. 나는 침을 꼴깍 삼키며 계속해서 소설을 읽어 나갔다.

김은우는 현아의 손을 잡아끌고 집으로 들어갔다.

집으로 들어간 현아는 어쩐지 우울한 느낌을 받았다. ㅜ.ㅜ ;;;

지나치게 깔끔해서 병적으로 느껴지는 집 안 풍경들.

은우가 마실 것을 가지러 간 사이 현아는 은우의 집을 둘러보았다. *_*

집은 어둡고 곳곳엔 그의 형과 엄마의 흔적들이 보였다.

이 숨 막히는 공간에서 김은우는 15년간 살아온 것이다!!!

소설은 집 안으로 들어온 두 주인공이 알콩달콩 사랑을 나누다가도 십 대들답게 티격태격 말싸움하는 것으로 끝났다.

나는 샤이니의 글에 강한 호기심이 생겼다.

"이건 나은호에 관한 글이 틀림없어!"

당장 아래층에 사는 나은호 집에 찾아가 정해리를 아냐고 묻고 싶었다. 2회가 언제 올라올지, 그때까지 기다려야 하는 게 답답했다.

다음 날, 나는 학교에 가서 정해리를 유심히 관찰했다.

정해리! 해리는 참 예쁜 아이다. 해리의 미소는 또 얼마나 아름다운지! 나 같은 하찮은 인간에게조차 해리는 밝고 상냥한 미소를 보낸다. 반 애들 중에, 아니 이제껏 내가 본 여자 애들 중에 저런 애를 본 적이 없다. 저렇게 예쁜 애가 글도 잘 쓴다니!

해리는 항상 학교에 제일 먼저 온다. 나도 그 사실을 알고부터 일찍 오려고 하지만 잘 안 된다. 그러나 오늘은 작정하고 일찍 왔다. 학교에는 해리와 나 그리고 두 명의 아이들이 더 있었다. 해리는 학원 숙제를 하는지 문제집을 풀고 있었다. 나는 괜히 해리 옆으로 지나갔다. 그때 해리 책상에서 볼펜이 또르르 굴러 떨어졌다. 나는 그것을 주워 해리 책상에 공손히 올려 주었다.

"고마워."

해리가 나를 보며 생긋 웃었다. 그 미소에 용기 내어 물었다.

"저기……, 네가 쓴 거……. 업무상 과실치사는 어떤 얘기야? 어제 읽었는데."

"미리 말해 주면 재미없잖아. 스포일러는 절대 안 돼."

"궁금해서 그러는데 조금만 얘기해 주면 안 돼?"

"미안하지만 안 돼."

해리가 미간을 살짝 찡그렸지만 여전히 예쁜 모습이다.

"너……."

나는 단도직입적으로 묻기로 했다.

"너, 혹시 김은우라는 주인공을 실제 잘 알아?"

그러자 해리가 또 한 번 생긋 웃었다. 해리가 웃을 땐 눈에 보석이라도 박힌 듯 반짝 빛이 난다. 양쪽 입꼬리가 경쾌하게 올라가 보기만 해도 기분이 좋아지는 상큼한 미소다.

"소설은 허구야. 실제 인물은 없어. 다 지어 낸 이야기지. 근데 왜?"

해리가 제법 작가다운 포스를 풍기며 그럴듯하게 이야기했다.

"어, 아니 그냥. 비슷한 사람이 있는 것 같아서. 이름도 비슷하고. 그럼 현아 그 애도 실제 아는 애 아니야?"

"하하, 김 범. 너 내 이야기에 흠뻑 빠졌구나. 물론 다 지어 낸 인물이지."

"그렇구나. 근데 넌 진짜 소설가가 될 것 같아. 하긴, 지금도 소설방에서 지정 작가지만……."

해리 앞에서 점점 작아지는 나를 느꼈다. 해리 옆을 지나쳐 내 자리로 돌아오려다 한마디 더 물었다.

"근데 넌 그런 소설을 왜 쓰는 거니?"

"난 내 맘대로 지어 낸 그 세계가 즐거워. 글로써 모든 걸 이룰 수 있잖아. 내 맘대로!"

"넌 이다음에 어른 되어서도 당연히 작가가 될 거지?"

"글쎄, 아마도 그렇겠지. 근데 김 범, 넌 꿈이 뭐니?"

나는 해리가 묻는 꿈에 대해 뭐라 말할 것이 없었다. 나도 꿈이 있었던가? 이제껏 그 문제에 대해 진지하게 생각해 본 적이 없는 것 같다.

"꿈? 어……."

나는 스스로 개미 같은 존재라고 생각했던 것을 떠올리며 재빠르게 대답했다.

"아, 있어. 어쩌면 개미 연구가가 될지도 몰라."

나는 얼토당토않은 거짓말을 해 버렸다. 해리는 내 대답이 괜찮다고 여겼는지 고개를 끄덕였다. 멋쩍어진 나는 뒷머리를 긁어 댔다.

"개미 연구가, 멋지다! 개미라는 존재는 연구할 게 많아. 아주 작지만 큰 힘을 갖고 있거든."

순간, 해리의 말이 진리가 되어 내 가슴을 때렸다.

'정말일까, 존재감 없고 하찮은 개미가 큰 힘을 갖고 있다는 게?'

해리는 턱을 받치고 있던 손을 내리며 말했다.

"잘 해 봐. 재밌을 거야."

그때 표정은 지식을 뽐내는 듯 콧대가 살짝 올라간 모습이었다. 해리는 다시 문제집으로 눈을 돌려 문제를 풀기 시작했다.

'그래. 우연일 거야. 해리가 나은호랑 한동네 사는 것도 아니

고.'

나는 내 자리로 돌아와 앉았다. 하지만 해리 대답만으로는 궁금증이 풀리지 않았다. 사실 나는 좀 집요한 구석이 있다. 내가 떠올린 상상의 세계가 옳다는 것을 확인하기 위해 별일 아닌 것을 끝까지 물고 늘어지기도 한다.

'그래. 어쩌면 나은호를 알고 있으면서도 모른다고 거짓말하는지도 몰라. 나은호 그 자식, 그 바람둥이 녀석이 해리를 알고 있는지도 몰라. 해리한테도 수작을 부렸는지 모른다고. 나쁜 자식!'

나는 내 머릿속의 일들이 사실인 양 혼자 꿰맞춰 가며 흥분하기 시작했다. 나은호는 우리 학교 얼짱이다. 인터넷에 'J중학교 얼짱'이라고 치면 아이들이 올린 사진이 나올 정도다. 당연히 해리도 나은호를 알고 있을 것이다. 내 옆이 아닌, 얼짱 나은호 옆에 서 있는 해리를 상상하니 질투심이 타올랐다.

해리는 숙제를 다 마쳤는지 자리에서 일어나 교실 밖으로 나가고 있었다. 뒤돌아서 나가는 해리의 단발머리가 찰랑거렸다. 나는 그런 해리를 뒤따라가 옷자락을 붙잡았다. 해리가 깜짝 놀라며 불쾌한 표정을 지어 보였다.

"왜 이래? 깜짝 놀랐잖아."

"너 혹시 나은호 몰라? 우리 학교 일진 얼짱."

그러자 해리가 또 미간을 찡그리며 오 초간 머뭇거렸다.

"알아. 우리 언니 친구야."

'아! 해리에게 언니가 있었구나.'

"근데 그건 왜 물어?"

평소 모습답지 않게 해리가 날카롭게 반응했다.

"아, 그냥…… 그 형 우리 아랫집 살거든. 근데 바람둥이라서……."

그 말에 해리 눈이 반짝였다.

"너 그 오빠에 대해 잘 알아? 나에게 얘기해 줄 수 있어?"

해리가 관심을 보이며 내 팔을 꽉 붙잡았다. 나는 해리의 부드러운 손길에 사로잡혀 그만 멍해져 버렸다.

"너, 이따 학교 끝나고 나랑 이야기할 수 있어?"

해리가 왜 이렇게 나은호에게 관심을 보이는지 점점 궁금해졌다.

"응, 얼마든지."

나는 해리 얼굴을 살피며 대답했다. 해리의 눈 밑 근육이 살짝 떨리는 것이 보였다.

빈집

비록 나은호에 대한 일 때문이긴 해도 해리와 만나기로 한 약속은 나를 두근거리게 했다. 해리가 듣고 싶어 하는 이야기가 무엇이고 어떤 이야기를 해 주어야 할지 골똘히 생각하느라 수업 시간이 그냥 지나가 버렸다.

수업이 끝나자 해리가 내게 다가왔다.

"내가 다니는 공부방에 같이 가 볼래? 가면서 얘기하자. 늦게 가면 샘들한테 전화가 오거든. 우리 공부방 샘들 다 좋아."

해리는 저소득층이 다니는 아동청소년센터에 다니고 있었다. 학원을 다닐 형편이 못 돼 그곳에서 선생님들에게 공부도 배우고, 무엇보다 저녁을 해결할 수 있어서 좋다고 했다.

해리는 나은호에 대한 궁금증은 잠시 접어 둔 채 자신이 다니고 있는 아동청소년센터에 대해 떠들기 시작했다.

"여기 공부방으로 옮긴 지 얼마 안 돼. 전에 다니던 공부방은 완전 재수 없었어. 시에서 지원하는 공부방도 제대로 운영되는 곳이 있는 반면, 돈벌이에만 급급한 원장들도 있어. 그곳에 오는 강사들도 마찬가지야. 복지라는 이름 아래 별별 선생들이 다 오거든. 너무 많은 강사와 너무 많은 자원봉사자들 때문에 우리는 정신이 없을 정도야. 그들은 우리를 위해 오는 게 아니라 그들 자신을 위해 오는 것 같아. 차분하게 무언가를 하도록 내버려 두질 않거든. 그러니 산만할 수밖에! 때로는 지역 공부방이 누구를 위한 것인지 아리송할 때도 있어. 우리는 그냥 먹잇감인 것 같기도 해."

해리는 내가 한 번도 생각해 본 적이 없는 문제들에 대해 이야기를 했다. 나는 이런 대화 자체가 무척 낯설었다. 아니 그동안 누군가와 이런 진지한 대화를 나눈 적이 없었다. 해리는 그래도 나를 대화 상대로 여기는 게 분명했다. 그 순간 우쭐해졌다.

"그럼 너는 학원은 아무 데도 안 다니고 여기만 다니는 거야?"

나의 질문에 해리는 어이없다는 듯 눈을 동그랗게 떴다.

"너 우리 집 가난한 거 모르는구나. 우리 집 생활보호 대상
자야."

나는 해리네가 생각보다 형편이 많이 어렵다는 것을 그제야
알았다. 또 그런 가정형편을 아무렇지도 않게 이야기하는 것에
도 놀랐다.

해리를 따라 들어간 공부방은 규모도 꽤 크고 시설도 깨끗했
다.

"여기에 가방 놓고 샘들한테 말씀드린 뒤 잠깐 집에 다녀와야
하는데, 같이 갈 수 있지?"

나는 쾌재를 불렀다. 해리네 집에 갈 수 있다니! 집 가는 방
향에 공부방이 먼저 나오다 보니 해리는 가방을 놓고 집으로 향
하는 것 같았다.

"아빠가 많이 아프셔서……. 내가 가서 아빠 저녁을 준비해 놓
은 뒤 다시 이리로 와야 해. 언니는 친척 아줌마네 집으로 아
르바이트 가거든."

그 말 속에서 어렴풋이 엄마가 안 계신 것을 눈치 챌 수 있었다.

해리는 가방을 내려놓은 뒤 선생님들에게 인사하고 나를 데
리고 나왔다.

"그나저나 나은호를 잘 알아? 그 오빠 어떤 사람인지 말 좀 해

봐. 나도 학교에서 가끔 보긴 했지만······."

해리는 그제야 비로소 자기가 듣고 싶어 하는 이야기를 꺼내 놓았다. 마치 먹고 싶은 사탕을 안 먹고 아껴 뒀다 중요한 순간에 입에 무는 아이처럼 말이다. 나는 공부 시간 내내 생각해 둔 이야기들을 하기 시작했다.

"나은호 주변엔 항상 여자가 많아. 그리고 맨날 바뀌어."

내가 하고 싶은 이야기는 결국 '너도 조심해'였다. 내 마음속의 보물인 해리를 이웃집 얼짱 녀석에게 빼앗기기라도 할까 봐 미리 연막을 치는 꼴이었다.

나는 조금 과장되게 나은호에 대해 설명했다.

"엄마도 없는 빈집에 수시로 여자 친구를 데리고 와 뻔뻔한 짓을 하곤 해."

사실 나은호가 집에서 여자랑 나오는 것을 딱 한 번 보았을 뿐이지만 내 머릿속에선 이미 여러 번 여자를 데리고 온 것으로 상상했다. 그리고 내 상상이 거의 맞을 거라고 확신했다. 왜냐하면 나는 빈집이 어떠하다는 것을 너무나 잘 알기 때문이다.

"그리고 또 있어. 나은호 집에서 가끔 폭력 소리가 들려오기도 해."

"폭력 소리가?"

해리가 놀란 듯 눈이 동그래졌다. 이 말 역시 순전히 내 맘대로 지어 낸 이야기였다. 내 맘대로 뱉어 버린 말에 나 자신도 놀랐다. 그러면서도 내 머릿속에선 쉼 없이 공상이 이어졌다.

아이들이 빈집에 모였다. 그곳은 아이들의 아지트다.
집에 들어온 아이들은 그 순간 모든 세상과는 단절이다.
아무도 그들에게 관심을 갖지 않고, 아무도 그들을 건드리지 않는다.
문은 안에서 굳게 잠겨 있고 그곳엔 그들만 있다.
그 순간, 한 아이는 고립으로 인한 공포감을 느낀다.
주먹질과 발길질이 오고 간다.
키득키득, 캭캭, 울음소리 같은 웃음소리가 들려온다.
아이는 벌거벗겨진 채로 마루를 뒹군다. 숨이 턱 막힌다.
두들겨 패던 아이와 고꾸라졌던 아이가 이내 잠잠하다.
그들은 또 키득키득 캭캭 웃어 댄다. 아니 울어 댄다.
매캐한 담배 연기가 피어오르고 연기 따라 몸이 풀어진다.
이어 코를 찌르는 지독한 냄새. 아이들은 널브러진다.
그리고 몽롱한 세계로 빠져든다.

그러나 이 또한 근거 없는 상상은 아닐 거라고 믿는다.

내가 초등학교 4학년 때였다. 악질 인간, 나는 그 친구를 악질이라고 부르고 싶다. 그 악질 인간과 반에서 껄렁대던 아이들 몇 명이 우리 집으로 우르르 몰려온 적이 있었다. 그 애들이 우리 집으로 온 건 그들의 강요에 따른 것이었다. 내 의사가 아니었다. 그날 애들은 야한 동영상을 함께 보면서 킬킬거렸다. 아이들이 킬킬거리는 동안 나는 결코 즐겁지 않았다. 너무나 여리고 나약했던 나는 그날 악질에게 폭력까지 당했었다. 그렇게 얼마간 나는 그 애들에게 지독히도 시달렸다. 다행히 악질 인간이 전학을 가는 바람에 시달림에서 곧 해방될 수 있었다.

그런 일이 있은 후 나는 단 한 번도 친구를 집에 데려온 적이 없었다. 내가 운둔형 외톨이 같은 성격이 된 것도 어쩌면 그 일 때문인지도 모른다.

"폭력 소리가 난다는 것은 누가 매를 맞는다는 거야?"

해리가 질문을 던져 놓고 침을 꼴깍 삼켰다.

"응. 일진 패거리들이 빈집으로 몰려다니며 하는 짓이 그렇지 뭐."

그때 내 머릿속에 스쳐 지나가는 사건이 있었다. 얼마 전 일어났던 어느 중학생의 자살 사건이다. 그 사건을 인터넷 기사로

접했을 때 내 마음은 무겁고 어두웠다. 정도의 차이는 있지만 내가 겪은 일과 크게 다르지 않다고 느꼈기 때문이다. 피해 학생은 친구들의 폭력을 견디다 못해 자살을 했는데, 폭력의 장소가 바로 피해자의 빈집이었다. 가해자는 그 집을 버젓이 드나들며 돈을 갈취하고 폭력을 행사했다 한다. 그 집의 부모는 맞벌이로 아침에 나가 밤에 들어왔고, 자신의 집에서 그런 일이 일어났다는 사실을 전혀 몰랐던 것이다.

"나쁜 놈들! 못된 짓은 다 하고 다니네."

해리 눈에 힘이 들어갔다.

"그리고 또 있어."

"뭔데?"

해리가 물었다. 나는 지난번 장미 덩굴 아래서 어떤 여학생에게 키스하려다 들켜 버린 이야기를 들려주며 '그놈은 타고난 바람둥이'라는 사실을 은근히 알렸다.

"장미 덩굴 아래서 함께 있었던 여학생……, 그 여학생이 바로 우리 언니야."

해리 말에 나는 깜짝 놀랐다.

"우리 언니는 작년에 나은호와 같은 반이었고, 지금 나은호와 사귀는 사이야."

그제야 상황을 어렴풋이 짐작할 수 있었다. 나은호와 관련된 사람은 해리가 아니라 그의 언니였다. 그 사실을 알게 되니 한편으로 마음이 놓이기까지 했다.

"언니는 나은호가 불쌍하대. 나은호를 어떻게든 변화시키고 싶대. 난 이해가 안 가. 쳇, 제 살 길도 막막한 사람이!"

해리는 못마땅한 표정을 지어 보였다.

"그럼 네가 쓴 소설, 그거 너희 언니 얘기야? 근데 넌 그 일을 어떻게 알고 썼어? 그 소설에 나오는 뽀뽀 방해자까지. 그 방해자가 바로 나였는데."

그 말에 해리 눈이 커지면서 이내 깔깔 웃었다.

"정말? 그러니까 나은호가 한 대 패고 싶어 했던 그 방해자가 바로 너?"

"응. 나은호는 우리 집 아래층에 살아. 나는 나은호가 좀 재수 없어. 그런데 넌 어떻게 그날 있었던 일을 옆에서 본 듯 그대로 쓸 수 있었지?"

내가 묻자 해리에게서 예상 밖의 답이 튀어나왔다.

"언니가 이야기를 다 해 주거든. 나는 언니가 들려주는 이야기에 내 생각을 덧붙여 소설을 쓰고 있는 거야. 이해가 잘 안 되겠지만 언니와 나 사이는 좀 특별해."

나는 해리가 점점 궁금해졌다. 두 자매는 어떻기에 특별한지, 또 해리 언니는 왜 나은호와 있었던 이야기를 동생에게 다 들려주는지.

이야기를 나누면서 해리가 이끄는 곳으로 가 보니 그곳은 어느 한적한 공터에 있는 컨테이너 박스 앞이었다.

"여기가 우리 집이야."

나는 좀 놀랐다. 해리네 집은 그냥 가건물 형태의 창고 같은 컨테이너 박스였기 때문이다. 이런 집도 있다는 것에 놀랐고, 이런 집에서 해리같이 예쁜 애가 살고 있다는 사실도 놀랍기만 했다.

그때 몸이 말라 왜소하고 얼굴엔 병색이 짙은 남자가 상자 몇 개를 주워 들고 오는 게 보였다. 움푹 팬 볼에 턱수염만 덥수룩했다.

"아빠."

해리가 남자에게 달려가 상자를 받아 들었다.

"아빠, 이런 거 하지 말라고 했잖아."

"운동 삼아 나갔다가 주워 온 거야. 걱정 마."

남자가 해리 머리를 쓰다듬으며 희미하게 웃었다. 나는 해리 아빠를 향해 고개만 꾸벅 숙였다.

"친구인가 보구나."

해리 아빠는 나에 대해 큰 관심을 보이지 않았다. 그는 움직이는 것 자체가 힘겨워 보였고 애써 참는 듯이 보였다. 해리는 마당 한쪽에 쌓여 있는 상자 더미에 아빠가 주워 온 종이 상자를 올려놓았다.

"아빠는 젊을 때부터 당뇨병을 앓기 시작해 지금은 합병증까지 온 상태야. 몸이 쉬이 피로해져서 아무런 일도 할 수 없어. 게다가 합병증으로 한쪽 눈은 시력 이상까지 왔고. 상자 줍는 일은 특별히 컨디션 좋은 날 할 수 있는 아빠의 유일한 일거리야."

컨테이너 집 안은 어수선했다. 문이 있는 입구 쪽이 주방이었고, 칸막이 하나가 방을 갈라 놓는 역할을 했다. 한쪽으로 이부자리가 펼쳐 있는 것을 보니 그곳이 아빠 방인 것 같았다. 컴퓨터랑 책상이 놓인 곳은 해리와 언니의 공간인 것 같았다.

해리 아빠가 쓰러지듯 자리에 눕자 해리가 곁으로 다가가 이부자리를 보살폈다. 나는 문 앞에 서서 그들을 바라보고 있었다.

"그렇게 서 있지 말고 이리 들어와 앉아라."

해리 아빠가 내게 손짓했다. 나는 썩 내키지는 않았지만 안으로 들어가 문 옆에 앉았다.

해리 아빠는 누워서 해리 손을 잡았다.

"오늘은 학교에서 무슨 일이 있었니?"

그러자 해리가 학교에서 있었던 시시콜콜한 일들을 좋알좋알 떠들기 시작했다. 아빠는 그런 해리를 다정한 미소로 올려다보았다. 보고를 마친 해리가 작은 전기밥솥을 열어 밥이 없음을 확인하고는 곧바로 쌀을 씻기 시작했다. 솥에 쌀을 안치고 시간을 맞춰 놓았다. 나는 처음 앉았던 자리에서 꼼짝 않은 채 해리의 일이 빨리 끝나기만을 기다렸다. 그러다 지루함을 참지 못하고 일어서서 서성거렸다. 그때 문 쪽에 종이 하나가 붙어 있는 것을 발견했다. 나는 별 관심 없이 그 글을 읽어 내려갔다.

만약 내가

만약 내가 한 사람의 가슴앓이를

멈추게 할 수 있다면

나 헛되이 사는 것은 아니리

만약 내가 누군가의 아픔을

쓰다듬어 줄 수 있다면

혹은 고통 하나를 가라앉힐 수 있다면

혹은 기진맥진 지친 한 마리 울새를

둥지로 되돌아가게 할 수 있다면

나 헛되이 사는 것은 아니리.

-에밀리 디킨슨

그때 밥상에 수저와 반찬들을 올려놓던 해리가 나를 돌아보며 말했다.

"뭘 그렇게 봐? 그거 우리 언니가 붙여 놓은 거야. 자기 인생 좌우명이래."

해리 말에 나는 그 글을 다시 읽으며 장미 덩굴 문 앞에서 만났던 해리 언니를 떠올려 보았다. 그때 밥상에 약이랑 물병까지 다 챙긴 해리가 일어섰다.

"아빠, 나 공부방 갔다 올게요. 식사 꼭 하세요. 약도 챙겨 드시고요."

해리 아빠는 모로 누워 있다가 한 손으로 가라는 시늉을 했다. 그 모든 행동들이 힘겨워 보였다.

"저렇게 해 놔야 그나마 밥을 드시거든. 우린 공부방에서 맛있는 거 많이 먹는데 아빠는 잘 드시지도 못하고 불쌍해."

해리와 나는 다시 공부방을 향해 걸으면서 이야기를 했다.

"내가 이렇게 사는 거 보니까 좀 놀랍지?"

"아, 아니…… 그냥."

대답은 그렇게 했지만 놀란 건 사실이었다. 해리는 저런 환경과 전혀 어울리지 않는 아이다. 저런 형편에서도 어쩜 저리 밝을 수 있을까? 가난과 기침은 숨길 수 없다고 들었다. 그런데 평소 해리 모습에서 가난은 느껴지지 않았다.

"컨테이너는 중요하지 않다고 생각해. 그 안의 콘텐츠가 중요한 거지."

'나'라는 인간은 해리에 비해 턱없이 수준이 낮은 녀석이다. 평소 해리 앞에 서면 괜히 주눅이 들기도 하지만 지금처럼 해리가 하는 말을 알아듣지 못할 때 나는 더 작아지고 만다. 해리는 공부도 잘할 뿐더러 정신연령도 매우 높다. 모른다는 것에 대한 부끄러움을 무릅쓰고 내가 입을 열었다.

"그, 그게 무슨 말인데?"

"겉은 중요하지 않다고! 속이 중요하지. 아무리 좋은 집이어도 그 안에서 어떤 사람들이 어떻게 살아가는지가 중요한 거지."

비로소 해리 말이 무엇인지 짐작이 갔다.

"오늘 기왕 이렇게 된 거 좀 놀다 들어갈까? 가끔 공부방 가기 싫을 때가 있어."

그 말이 반가우면서 내심 걱정도 됐다. 나는 누구랑 어울려 노는 일이 어색하기 때문이다.

"우리 언니가 일하고 있는 분식집에 가 볼래? 친척 아줌마넨데 거기 가면 떡볶이도 실컷 먹는다."

"좋아!"

해리와 함께 걸으면서 오래 전부터 알고 있었던 나은호 얘기를 충분히 들려주었다.

이번에는 해리가 말했다.

"우리 집 얘기 듣고 싶지 않아?"

나는 듣고 싶었지만 냉큼 대답하지 못했다. 내 마음을 읽었는지 해리가 이야기를 시작했다.

"언니와 나는 참 불행한 환경에서 살아. 너도 보았다시피 우리 집은 당연히 있어야 할 것조차 없는 너무나 초라한 집이야. 진짜 아무것도 없는……."

가는 길에 듣게 된 해리와 언니 정주리의 이야기는 샤이니의 소설보다 더 흥미로웠다.

빈집의 아이들

우리 집엔 엄마가 없어. 엄마는 아주 오래 전 아빠와의 불화로 집을 나가 버려 다른 남자와 살고 있어. 엄마가 없다는 건 집 전체가 비어 있는 거나 마찬가지야. 아빠는 아까 본 것처럼 병으로 인해 생계를 책임지지 못할 지경에 이르렀고. 우리는 나라에서 주는 최저생계비와 언니가 친척집 일을 거들고 버는 돈 그리고 아빠가 폐휴지를 모아 버는 약간의 돈으로 힘들게 살아가고 있어. 하지만 우린 밝게 살려고 노력해. 특히 언니는 자기 처지가 그러함에도 불평하지 않고 씩씩해. 세상에서 나를 제일 끔찍이 사랑하고 아빠를 위해서도 최선을 다하는 언니야.

이런 언니 마음속에 어느 날 나은호가 들어왔어. 이미 초등학교 4학년 때 같은 반을 한 적이 있거든. 그때도 나은호는 모든 아이들의 관심의 대상이었나 봐. 왜냐하면 잘생긴 얼굴인 데다, 이상한 엄마 밑에서 큰다는 소문이 반에 퍼져 있었기 때문이래. 게다가 새엄마라는 소문까지 돌았대. 그 소문은 같은 아파트에 사는 친구로부터 전해졌는데 나은호 귀에까지 들어가고 말았어. 나은호는 그 친구에게 주먹을 휘둘러 코뼈를 부러뜨리기도 했대. 암튼 언니는 초등학교 때부터 나은호에게 깊은 동정심을 보내곤 했었지. 왜냐하면 엄마의 자리가 비어 있다는 것에서 나은호와 비슷한 처지라고 느꼈던 거야.

언니는 중학교에 올라와서 또 나은호와 만나게 되었어. 여학생들 사이에서 나은호를 모르는 아이는 별로 없대. 우리 학교 얼짱이잖아. 게다가 나은호는 사람을 끄는 마력이 있나 봐. 언니는 나은호의 그늘진 모습에 이상하게 마음을 빼앗겼던 거야.

어느 날 언니가 일하는 분식집에 나은호가 오게 되었어. 나은호는 날마다 같은 시간에 그곳에 와서 저녁을 해결했대. 엄마가 병원에 입원했다나 봐. 그때부터 언니와 나은호는 가까워졌고, 둘은 사귀는 사이가 되었어.

언니는 들뜬 얼굴로 말했다.

"해리야. 나 요즘 행복해. 말하지 않고는 못 배길 정도로."

언니가 자신의 첫 번째 남자 친구에 대해 이야기할 때 해리는 기분이 이상했다. 묘한 질투심으로 가슴이 끓어올랐다.

'언니의 마음을 훔쳐 간 주인공이 도대체 누굴까?'

해리는 학교에서 친구들에게 물었다.

"야, 너희들 우리 학교 얼짱 나은호라고 혹시 알아?"

그럴 때면 친구들 반응은 한결같았다.

"그 멋있는 오빠? 얼굴도 잘생기고 게다가 공부면 공부, 싸움이면 싸움, 얼마나 멋있는데!"

그러다 우연히 학교 안에서 나은호를 보게 되었다. 그런데 그의 섬뜩한 눈빛이 해리는 마음에 들지 않았다. 마치 날카로운 칼 하나를 감추고 있는 것 같았다. 그 칼로 꼭 언니를 찔러 상처를 줄 것만 같았다. 게다가 일진이라는 사실도 마음에 안 들었다.

"분명 가면을 쓰고 있는 거야."

해리는 언니가 나은호에게 마음을 빼앗길수록 아빠와 자신에게서 멀어질 것만 같았다. 언니 마음을 앗아 간 나은호가 밉기만 했다.

"제발 나은호와 사귀는 걸 그만두고 정신 차려!"

그럴 때마다 언니는 나은호를 더욱 감쌌다.

그러던 어느 날 밤, 해리는 아르바이트를 끝내고 돌아올 언니를 기다리느라 집 앞에 나가 있었다. 늘 지친 모습으로 돌아오는 언니가 가여운 생각도 들었다. 그때 언덕 아래에서 언니와 나은호가 함께 걸어오는 모습을 보게 되었다. 해리는 골목 끝으로 가 얼른 숨었다.

그때 집 가까이로 다가온 나은호가 언니를 끌어안고 입맞춤하는 장면을 보게 되었다. 긴 입맞춤이었다. 해리는 못 볼 것을 본 것처럼 가슴이 쿵쾅거렸다. 얼굴은 화끈거렸다.

'언니가 나와 아빠가 아닌 누군가를 사랑하고 있어. 저렇게 입을 맞추고 있잖아!'

해리는 몰래 숨어 둘을 지켜봤다. 그 사이 해리 눈에서는 눈물이 하염없이 흘렀다. 실망과 분노와 질투심이 뒤섞인 눈물이었다.

해리는 얼른 집으로 들어와 아무것도 모르는 척 언니를 맞았다. 그런데 언니의 입술에 자꾸만 눈이 갔다. 해리의 눈에는 언니의 아랫입술 가운데가 거무스름하게 색이 죽은 듯이 보였다.

'아, 저건 나은호의 키스 자국이다. 너무 강한 키스 자국!'

해리는 언니의 검게 죽은 입술을 보는 순간 흡혈귀의 입맞춤

자국 같다고 생각했다.

'나쁜 자식, 우리 언니를 먹잇감처럼 노리는 게 분명해. 학생
으로선 절대 있을 수 없는 일이야. 우리 언닌 그럴 사람이 아
닌데 말이야.'

유독 해리 눈에만 보이는 걸까? 언니 입술의 검은 징표가 왠
지 불길하게 느껴졌다. 그때부터 엄마가 딸 감시하듯 언니를 감
시했다. 언니가 들어오면 나은호와 있었던 일을 죄다 이야기하
게 했다.

"나은호와 뭘 하다 왔는지 말해! 안 그러면 아빠한테 다 일러
바칠 거야."

언니는 해리의 요구대로 자신에게 일어난 일들을 소상히 들
려주었다. 언니가 들려주는 이야기 중에 특별한 것은 없었다.
둘이 이야기를 하고, 손을 잡고, 거리를 걸었다는 이야기였다.

"나은호는 좋은 친구야. 그러니 안심해."

언니의 말에도 해리는 믿을 수가 없었다. 언니가 나은호한테
이용당하는 것만 같았다.

그래서 나은호와 언니를 주인공 삼아 소설을 쓰기로 했다.

"보란 듯이 나은호를 철저하게 나쁜 인간으로 만들어 버릴 거
야."

해리는 그때부터 '업무상 과실치사' 이야기를 쓰게 되었다. 언니는 해리가 쓴 소설을 읽으며 이렇게 말했다.

"나은호와 나는 행복한 사춘기의 주인공이 되었으면 해. 우린 꼭 그렇게 될 거야. 네가 쓰는 소설이 아니라 내가 불러 주는 소설을 네가 쓰기만 해."

하지만 해리는 그럴 생각이 조금도 없었다. 나은호 손아귀에서 언니를 구해 내야 하니까.

"내 소설에 이러쿵저러쿵 참견하지 마. 난 김은우와 현아 얘기를 쓰는 거지, 언니랑 나은호 얘길 쓰는 게 아니거든."

"은호는 기댈 곳이 없는 애야. 난 걔만 보면 이상하게 마음이 아파."

해리는 언니가 나은호를 왜 그렇게 불쌍하게 여기는지 이해가 안 갔다.

"흥! 불쌍하다면 우리만큼 불쌍한 아이들이 어디 있겠어. 나은호는 있을 건 다 있잖아. 엄마, 아빠, 형 그리고 그 집은 돈도 있어."

"그렇지 않아. 은호네 집이야말로 텅 비어 있어. 우리 집은 걔네보다 나아."

'우리 집이 나은호네보다 낫다니! 언니는 완전 미쳤어. 미쳤

다고!'

소설 같은 이야기를 끝낸 해리가 한숨을 길게 내쉬었다. 나도
덩달아 한숨을 쉬었다.

"난 정말 작가가 되어야 할 것 같아. 내 이야기를 자꾸 하고
싶은 걸 보면 말이야."

그런데 내가 해리의 이야기를 듣는 동안 놀라운 사실 하나를
발견했다. 그건 내가 이제껏 살아온 십사 년 동안 누군가와 이렇
게 오랜 시간 이야기를 나누기는 처음이라는 것이다. 아니, 누
군가의 이야기를 이렇게 오래 듣고 있기는 처음이다. 솔직히 십
사 년 동안 엄마 아빠와 이야기했던 시간보다 지금 해리와 이야
기를 나눈 시간이 훨씬 더 많은 것 같았다.

나는 함께 걷고 있는 해리의 옆얼굴을 뚫어질 듯 바라보았다.

'이상한 일이다. 해리와 나는 어떻게 연결된 거지?'

물론 같은 반이고, 소설방에서 '쓰는 사람'과 '읽는 사람'으로
만나 그 덕분에 지금 함께 있는 것이지만 이렇게 나란히 서 있다
는 게 신기했다. 나는 언제나 홀로섬이었는데……. 나는 늘 혼
자 놀지 않았나. 그런데 이건 뭐지? 나와 해리섬은 나란히 어깨
동무를 하고 있다.

어느새 주리 누나가 일하고 있다는 가게 앞에 도착했다. 가게로 들어가는 게 쑥스러워 주춤거리는 나를 해리가 끌고 들어갔다.

주리 누나는 해리를 보자 얼굴이 금방 환해졌다. 친척 아줌마라는 사람도 해리를 반겨 주었다. 주리 누나가 떡볶이 한 접시를 들고 해리 앞에 앉았다. 윤기가 잘잘 흐르는 떡볶이였다.

"어쩐 일이야, 공부방 안 갔어?"

"갔다가 집에 들러 아빠 밥 차려 놓고 온 거야."

"떡볶이 먹어 봐. 근데 우리 해리랑 친한 친구니?"

주리 누나가 포크를 건네며 내 얼굴을 빤히 바라보았다.

"너 지난번에 봤던 그 애 맞지? 나은호랑 한검희랑 같이 있던……."

아차! 그 생각을 못 했다. 나는 여기에 오면 안 되는 것이었다. 주리 누나에게 들키면 나은호를 관찰하는 데 방해가 된다. 나는 대답을 피한 채 눈을 내리깔았다.

"쳇! 오늘도 나은호 만날 거지? 그 오빠 만나지 마. 얘가 그러는데 그 오빠 아주 나쁜 사람이래."

해리가 나를 끌어들이는 바람에 순간 당황스러웠다. 하지만 주리 누나는 전혀 흔들림이 없어 보였다.

"해리야, 마음을 좀 풀어. 네가 아무리 뭐라고 해도 이건 내가 알아서 할 문제야."

"이게 어떻게 언니 문제야? 우리 가족 문제지!"

해리가 평소 모습과는 달리 날카롭게 대꾸했다.

"해리야, 이제 그만 좀 할래? 사람은 누구나 손 잡아 줄 사람이 있는 거야. 널 안아 주거나 네 손을 잡아 줄 사람도 어딘가에 있는 것처럼."

그 말에 해리가 소리를 빽 질렀다.

"쳇! 그런 말 완전 오그라들어. 자기가 무슨 수호천사라도 되는 듯이……. 언니는 맨날 나은호밖에 몰라. 아빠랑 나는 이제 언니 마음속에서 사라졌어. 그 오빤 가면을 쓴 지킬이야. 괴물 하이드가 원래 모습이라고!"

해리가 마구 퍼붓자 주리 누나도 자리에서 벌떡 일어서며 신경질적으로 맞섰다.

"너 가! 나 일해야 해."

온유해 보이던 주리 누나가 겨울바람처럼 차가워졌다. 그러자 해리 눈에 금방 눈물이 맺히더니 뚝뚝 떨어졌다. 해리의 눈물은 나를 와르르 무너지게 만들었다. 하지만 주리 누나는 눈 하나 깜빡하지 않고 일을 하기 시작했다. 식탁을 정리하고 구석구석 닦

앉다. 주방에서 설거지를 하기도 했다. 부지런한 손놀림에 식당
안이 금방 청결해졌다.

개미, 그 하찮은 존재

요즘 학교가 끝나면 책가방을 멘 채 이유 없이 해리를 따라가는 일이 자주 생겼다. 해리가 공부방에 들러 가방을 놓고 나올 동안 나는 밖에서 주인 기다리는 강아지마냥 얌전히 해리를 기다렸다. 해리가 아빠를 돌보러 집으로 향하면 나도 해리 집까지 쫄랑쫄랑 따라갔다. 해리는 내가 자기를 따라다니는 것을 싫어하지 않았다.

어느 날은 옆에서 걷고 있는 나에게 뜬금없이 물었다.

"넌 개미 연구가가 될 거라고 했지?"

내가 했던 말을 해리는 기억하고 있었다. 꿈을 묻는 해리에게 얼토당토않게 개미 연구가가 될 거라고 즉석에서 꾸며 댔던 그 말.

"너 개미가 가진 능력 중에 가장 큰 능력이 뭔 줄 알아?"

갑자기 묻는 바람에 나는 길을 잃은 한 마리의 개미처럼 허둥대기 시작했다.

'개미의 능력이라…… 도대체 무슨 답을 해야 할까.'

"그게, 음……. 너무 작고 힘도 없고 보잘것없는 벌레라서……, 그러니까 협동해야만 살 수 있는 참 불쌍한 벌레……."

내가 겨우 얼버무리듯 대답을 했는데 해리의 반응은 예상 밖이었다.

"맞았어! 그거야. 개미는 바로 소통 능력을 타고났다는 거야."

"소통이라고?"

"다른 말로 하면 네가 말한 것처럼 협동이라고 할 수 있지. 개미 한 마리는 너무 보잘것없어 보이지만 개미들은 서로 교류하고 협동하는 방법을 안대. 그게 개미가 가진 가장 탁월한 능력이야."

해리 질문에 내가 답을 맞혔다니! 그러나 해리의 말이 정확히 무슨 말인지는 알 수 없었다. 그때 해리가 팔짱을 끼고 턱을 살짝 쳐든 채 저 혼자 개미 이야기를 늘어놓았다.

자, 이제 작은 개미에게 관심을 기울여 봐.

개미는 공룡 시대에도 이미 존재했던 것을 잘 알지? 거대한 공룡은 멸종했는데 보잘것없는 개미는 어떻게 지금까지 종족을 번식하고 오히려 그 수가 늘어났을까? 그들은 수차례 지각변동도 겪었고 홍수와 화산 폭발, 지진 등 온갖 것을 겪었는데 말이야. 게다가 개미핥기 같은 두려운 천적의 위협까지 있고 말이야.

개미는 알다시피 무리 지어 활동해. 그들에겐 고도로 발달된 소통 방식이 있어. 일종의 혼합 물질인 페로몬을 방출함으로써 동료 개미들은 후각으로 냄새를 식별하여 각각 자신이 맡은 일을 위해 다양한 행동을 취하는 거야. 그건 바로 그들의 '언어'라고도 할 수 있어. 종합해 보면 인류와 함께 개미가 성공할 수 있었던 것은 혼자는 보잘것없고 힘이 약하지만, 서로 관계 맺음을 통해 나름의 소통 방식으로 교류하며 협동했기에 살아남을 수 있었던 거지.

해리의 말은 그동안 내가 갖고 있던 개미에 대한 생각과는 완전히 다른 것이었다.

"개미는 비록 약한 존재지만 판단이 매우 정확하대. 그래서 서로 관계를 맺어 소통할 때 만리장성을 쌓을 수도 있는 존재라는 거야."

갑자기 멍해졌다. 그 작은 개미가 만리장성도 쌓을 수 있다니!

문득 투명한 햇살 아래 피어오르는 먼지 알갱이들처럼 내 머릿속에 아주 미세하고도 반짝 빛을 내는 하나의 기억이 떠올랐다. 그건 어릴 때 파 보았던 개미집에 대한 기억이었다. 어느 날 개미들이 오글거리는 구멍을 파 보던 때가 있었다. 그때 여러 갈래의 개미집이 수없이 이어져 있는 것을 보고 온몸에 까칠한 닭살이 돋도록 놀란 적이 있었다.

"넌 개미에 대해 어떻게 그리 잘 알아?"

"우리 언니는 책벌레야. 가끔 언니가 보는 책을 훔쳐보는 편인데 그때 읽게 됐어."

해리가 공부를 잘하고 정신연령이 높은 이유를 알 것 같았다.

집에 돌아와서도 한동안 해리가 들려준 이야기를 곰곰이 씹어 보았다.

"이건 완전히 틀렸잖아. 존재감 없는 하찮은 개미가 아니라 무섭고 끈질긴 개미야."

그리고 곧바로 인터넷에서 개미에 대해 찾아 읽어 보았다. 해리가 말해 주었던 개미의 소통에 대한 글이 유난히 많았고, 유명한 외국 소설가가 쓴 개미 이야기도 소개되어 있었다. 그리고 이런 글도 쓰여 있었다.

"오늘날 지구에서 개미의 수는 인간의 수보다 훨씬 많을 것이
다. 지구의 모든 개미를 한데 모아 무게를 잰다면 대략 인류 전
체의 무게와 같은 것이다."

"우와, 진짜 가볍고 하찮은 개미가 아니라 무겁고 무서운 개
미군!"

나는 피식 웃음이 터져 나왔다. 물론 혼자가 아닌 여럿이 함
께하며 소통할 때를 말하는 거지만 개미, 그 하찮은 존재에 대
한 새로운 발견이었다.

게다가 해리가 나를 말 상대로 인정해 주는 것 같아 은근히
기분이 좋았다. 솔직히 그건 해리의 주관적인 판단 덕분이긴 하
지만.

해리는 반에서 아무리 공부를 잘하고 똑똑해도 자기 소설을
읽지 않으면 하류 인간으로 쳤다. 반대로 공부도 잘 못 하고, 별
볼일 없는 아이라도 자기가 쓴 소설을 읽고 가타부타 의견을 나
누면 친밀감을 표시하며 존중하는 태도를 보였다. 사실 요즘 인
터넷소설은 한물갔다. 인터넷소설을 읽는 아이들도 대부분 로

우틴, 즉 어린 십 대들이 대부분이다. 그러나 해리는 우리를 수 준 높은 친구로 취급하는 게 분명했다. 사실 글 한 줄 안 읽는 애들보다는 우리가 낫다는 것에 나도 공감한다. 내가 해리를 점 점 더 좋아하게 되는 이유도 어쩌면 해리가 나를 인정해 주기 때문이리라.

개미에 대해 새로운 것을 알고 나니 기분이 괜찮았다. 나는 가 만히 누워 천장을 바라보며 개미에 대한 즐거운 몽상에 빠져들 었다. 오늘 몽상의 주인공은 바로 나인 것이다.

큰 재주 없는 게으른 개미 한 마리, 혼자 어슬렁거리고 있다.

그러다가 그만 길을 잃었다.

우왕좌왕하다 비탈길을 오른다.

그곳은 해리의 팔.

여왕 같은 해리는 개미에게 임무를 맡긴다.

게으르고 재주 없는 개미야, 너도 할 일이 있다.

어슬렁거리면서 먹이를 찾는 일, 그게 너의 일이란다.

이런! 개미집이 붕괴됐다. 개미들은 멘붕이 왔다.

게으른 개미는 새로운 아지트를 찾아 나선다.

그리고 당당히 말한다.

"나를 따라와. 내가 안내할게. 어슬렁거리며 봐 두었던 장소가 있어."

재주 없다고 생각했던 개미가 앞장선 채로, 일개미들을 데리고 간다.

여왕이 이런 개미를 칭찬한다.

"당신은 모래알처럼 흩어져 지내는 외톨이가 아니었군요. 사방으로 냄새를 풍기며 신호를 보내는, 꼭 필요한 개미로군요."

한편, 해리를 따라 그 집과 주변을 어슬렁거리다 보니 주리 누나에 대해서도 자세히 알게 되었다. 주리 누나는 아르바이트를 가지 않는 월요일과 수요일은 주로 집에 있었다. 주리 누나는 또래들보다 훨씬 어른스럽고 소녀 가장 특유의 억척스러움이 있었다. 집안일을 할 때면 즐겁게 했다. 아빠가 좋아하는 7080 CD를 틀어 놓기도 하고 흥얼흥얼 노래 부르기도 했다. 어수선한 집안을 깨끗이 청소하고, 빨래를 하고, 아빠에게 드릴 반찬을 만들었다. 주리 누나는 참 바지런하고 가족을 위해 헌신적이었다. 해리는 그런 언니를 많이 의지하고 있는 게 분명했다.

주리 누나는 할 일이 끝나면 아빠와 이야기를 나눴다. 해리가 학교에서 있었던 일을 아빠에게 종알종알 떠드는 것처럼 말이다. 어쩌면 주리 누나의 모습을 해리가 그대로 닮은 것인지 모르겠다. 나는 해리가 밝을 수 있는 것은 다 주리 누나가 엄마처럼 집안을 보살핀 덕분이라고 생각한다. 아빠 역시 병든 몸일지라도 두 자매에게 정신적으로 든든한 역할을 하고 있었다. 그게 해리네 집 풍경이었다.

해리는 주리 누나와 비슷한 면도 있지만 확실히 달랐다. 해리는 그동안 학교에서 본 것처럼 마냥 어른스럽지만은 않았다. 내가 해리를 따라다니면서 느낀 건, 해리는 자신을 드러내길 좋아하고 은근히 뻐기기를 좋아한다는 점이다. 자기 소설에 대해, 혹은 자기가 얼마나 수준 높은 아이인가를 떠들어 댔다. 해리의 그런 기질이 소설을 쓰게 하는지도 모르겠다.

해리는 은근히 까다롭고 콧대가 높으며 종알대길 좋아했다. 종일 해리를 따라다니다 들어온 날은 마치 내가 흰곰이 되어 해리를 등에 태우고 온종일 숲길을 순례하다 온 것 같은 착각이 들곤 했다. 목깃이 높이 올라간 우아한 드레스를 입고 흰곰 등 위에서 이것저것 명령하는 해리……. 나는 그런 해리가 더욱 좋아지기 시작했다.

핑퐁핑퐁, 기분 좋은 경험

어떻게 하면 해리에게 나은호 얘기를 많이 전해 줄 수 있을까? 요즘 내게 있어 가장 중요한 문제다. 해리가 가장 궁금해하는 것이 그것이기 때문이다.

어떤 날은 나은호가 주리 누나가 아닌 다른 여학생과 함께 오기를 은근히 바라면서 아치형 장미 덩굴 부근에 숨어 있기도 했다. 그러나 나은호 모습은 보이지 않았다. 나는 해리에게 정보를 제공할 목적으로 점점 더 적극적으로 변했다. 거미 형을 집으로 불러 나은호 얘기를 묻기도 했다.

"너 정말 이상하다. 나은호에게 왜 그렇게 관심이 많아?"

"아니 그냥. 오늘 학교에서 무슨 일 없었어?"

"너, 뭔가 꿍꿍이가 있지? 나은호에 대해 그렇게 궁금하면 내가 캐 줄게. 그 대신 돈 내놔."

'저런 인간은 처음부터 상대하는 게 아니었어.'

나는 후회가 몰려왔다.

"됐어. 됐다고!"

내가 성질을 부리면서 얘기하자 거미 형이 또 내 뒤통수를 세게 때렸다.

"이 짜식이! 어디서."

"가, 가란 말이야. 여기서 나가!"

내가 평소와 다르게 소리를 지르자 거미 형은 좀 놀란 듯이 보였다.

"알았어, 인마! 알았다고. 성질 내지 마."

그러더니 슬며시 나은호 얘길 해 주었다.

"오늘 나은호가 학교에서 폭탄 발언을 했다."

"그게 뭔데?"

"어떤 여자애가 나은호한테 '누가 진짜 네 여친이냐?'고 물었어. 그랬더니 나은호 왈 '내게 그런 건 없어. 여자는 심심풀이일 뿐이야'라고 말한 거야. 오늘 여자애들이 완전 기분 상해

가지고 하루 종일 나은호 욕 엄청 해 댔다."

해리에게 전해 줄 정보가 생긴 것이다.

"나랑 같이 나은호 집에 가 볼래?"

나는 예전엔 감히 생각도 못 하던 일에 나서기 시작했다. 그러자 거미 형도 고개를 끄덕였다. 그런데 벨을 눌러도 나은호는 나오지 않았다. 집은 비어 있는 듯 아무 기척이 없었다.

할 수 없이 다시 우리 집을 향해 계단을 오르는데 거미 형이 나를 툭 쳤다.

"야, 심심하지? 나랑 재미난 거 하러 갈래?"

거미 형이 씩 웃는 것이 왠지 수상했다. 지난번에 당하고도 또 당할까.

"됐거든. 내가 형을 모를 줄 알고?"

"우헤헤. 야, 이번엔 그런 거 아니야."

거미 형이 내 어깨를 감싼 뒤 우악스럽게 엘리베이터 쪽으로 방향을 틀었다. 형에 비해 키와 몸집이 작은 나는 어쩔 수 없이 끌려갔다.

"됐어! 나 안 가. 이거 놔."

"그런 거 아니래도. 나를 그렇게 못 믿냐? 한번 따라와 봐. 우리 집 가는 거라니까."

거미 형은 우리 아파트 건너편 동네 쪽으로 걷기 시작했다. 그
곳은 낡고 오래된 다세대 주택들이 즐비한 곳이다. 해리네 집에
갈 때도 지나갔던 길이었다. 지난번처럼 화장실을 엿보러 가는
게 아닌 것만은 확실했다.

오밀조밀 상가들이 붙어 있는 길을 따라 올라가자 꼭대기에
확 트인 공간이 나왔다. 그곳은 작은 놀이터였다. 그런데 그 놀
이터에 놀랍게도 나은호와 일진 패거리들이 무리 지어 있었다.
그들은 열 명쯤 되었는데 여학생 네 명도 섞여 있었다. 남학생들
은 좁게 줄인 교복 바지에 상의는 다 풀어 헤치고 있었다. 다섯
명의 남학생이 선 채로 담배를 피우며 가래침을 캭캭 뱉어 내고
있었다. 그 모습은 좀 과장되어 보였다. 또 다른 남녀 한 쌍은 벤
치에 포개어 앉아 키득대고 있었다.

가장 체격이 크고 머리숱이 부한 남학생이 일진의 싸움짱 같
았다. 그 옆에 얼짱 나은호가 보였다. 나는 그들을 보는 순간 겁
을 집어먹어 가슴까지 팡팡 뛰었다. 이런 족속들과는 원래 눈도
마주치면 안 되는 것이다. 내가 모른 척 외면하며 걷고 있는데
거미 형이 또 사고를 내고 말았다.

"나은호! 안녕. 여기 있었네. 그렇지 않아도 너희 집 갔다가
없어서 나왔는데."

거미 형 때문에 내 존재가 또 드러나고 말았다. 게다가 일진들 앞에서 말이다. 나는 시선을 피한 채 땅만 보며 걸었다. 그때 무리들 중 누군가 톡 끼어들며 말했다.

"야, 저 찐따 자식이 뭐라고 하는 거냐?"

그러자 머리숱이 부한 싸움짱이 침을 탁 뱉더니 거미 형 이름을 불렀다.

"야, 한검희 오랜만이다!"

싸움짱이 먼저 인사를 건네자 다들 "쟤 잘 알아?" 하는 표정이었다. 나은호도 싸움짱과 거미 형 두 사람을 번갈아 보았다.

"쟤 어떻게 알아?"

나은호 질문에 싸움짱은 목소리를 낮추고 말했다.

"좀 알아. 초딩 때 제법 친했지."

나는 둘 사이에 흐르는 이상한 기류를 느꼈다. 그러자 거미 형이 어색한 웃음을 지으며 말했다.

"오랜만이다."

거미 형은 싸움짱에게 무덤덤한 인사말을 건넨 뒤 나은호에게 말했다

"나은호, 범이 알지? 너희 윗집에 사는……. 얘가 너한테 뭐 물어 볼 게 있다고 해서……."

모두의 시선이 내게 쏠리는 것을 느꼈다. 나는 그런 자리에서 나를 지목하는 것 자체가 싫었다. 질이 나쁜 일진들에게 괜한 꼬투리를 잡힐까 봐 겁도 났다. 그러자 나은호가 거미 형을 향해 기분 나쁜 감정을 노골적으로 드러냈다.

"한검희! 난 예전부터 네 놈이 맘에 안 들었어. 사람을 찝쩍거리고 자꾸 간보는 게 기분 나빠. 나한테 관심 꺼. 모자란 자식!"

그러자 옆에서 톡톡 끼어들며 참견하던 작은 체격의 일진이 거미 형 머리를 탁 때리며 말했다.

"이 자식이 나은호 간을 봤다고? 기분 나쁜 새끼네."

"원래 저렇게 순진해 보이는 자식이 우리 뒤통수를 치는 법이지. 이 자식 혼 좀 내 줄까."

체격이 크고 목소리마저 우렁찬 일진도 끼어들었다. 그러자 거미 형이 인상을 썼다.

"내가 뭘 어쨌다고 그래? 나은호 너야말로 왜 교실 안에서랑 밖에서랑 행동이 그렇게 다른 거냐? 선생님들 앞에서는 모범생, 밖에서는 깡패 새끼. 게다가 네가 저질러 놓고도 입 싹 씻고 있잖아. 일진 얼짱치고는 비겁한 거 아니야?"

그 말이 떨어지기 무섭게 나은호가 거미 형을 향해 주먹을 날렸다. 곁에 있던 일진들도 같이 주먹을 날렸다. 놀이터에서 놀고 있던 몇 명의 꼬맹이들이 눈치를 보면서 슬금슬금 도망갔다.

"뭐, 깡패 새끼? 너 지금 깡패 새끼라고 했냐? 아주 맞짱 뜨자고 덤비네. 니가 뭔데 우리 하는 일에 감 놔라 배 놔라 참견이야. 이게 아주 깝치고 있어."

싸움짱을 뺀 나머지 일진들이 일제히 거미 형을 발로 걷어찼다. 그런데도 거미 형은 입을 닫지 않고 그들에게 쏘아붙였다.

"너희 일진들, 쪽팔리지 않냐? 맨날 애들 코 묻은 돈이나 빼앗고 다른 학교 일진들이랑 서열질 싸움이나 하고……. 너희들이 무슨 우상이라도 되는 것처럼 착각하는데, 내가 볼 땐 너희들이야말로 진짜 찌질이들이야."

그 말은 기름을 붓고 성냥불을 그어 댄 꼴이었다.

"뭐라고, 찌질이? 이 자식이 겁이 없네. 넌 오늘 죽었다!"

나는 이 상황을 어떻게 대처해야 할지 아무 생각도 나질 않았다. 거미 형은 죽도록 매를 맞고 있고, 나는 너무 나약하고 힘없는 존재다. 나는 거미 형을 이해할 수 없다. 평소 돌출 행동을 잘하긴 하지만 일진들 앞에서 저런 말을 서슴없이 한다는 건 용감하거나 무모하거나, 둘 중 하나라고 생각했다.

"야, 나은호! 이 자식이 혹시 지난번 네가 범인이라고 담임한테 찌른 놈 아니야?"

날쌔 보이는 일진이 거미 형의 볼을 잡아 뜯으며 말했다. 그때 지켜만 보고 있던 싸움짱이 작은 소리로 말했다.

"야, 그만들 해. 그래도 옛날엔 내 동지였어."

그러자 거미 형을 때리던 모든 동작이 멈췄다.

그때 눈에 검은 라인을 짙게 그린 여학생 두 명이 내 머리를 쓰다듬었다.

"야, 이 아기, 겁먹은 것 좀 봐. 귀엽다. 흐흐."

나는 입을 꽉 다문 채 눈물만 떨궜다.

"꼬마야, 울지 마. 근데 너 나은호한테 뭐가 궁금했던 거니?"

여학생들이 낄낄대면서 내게 물었다.

"그 그냥, 공부에 대해 물어 보려고……."

내가 얼버무리자 여학생들은 더욱 큰 소리로 웃었다.

"하하, 애 진짜 귀엽다. 나은호한테 공부에 대해 물으려고 했대. 하하."

나는 눈을 흘낏거리다 나은호와 잠깐 눈이 마주쳤다. 나은호 얼굴은 몹시 그늘져 보였다.

"야, 걔는 건드리지 마. 우리 윗집 애야."

나은호 말에 여학생들은 더 이상 나를 건드리지 않았다. 일진들은 거미 형을 실컷 때린 뒤 자리를 떴다. 놀이터 모래밭에 쓰러져 있던 거미 형은 맞은 볼을 어루만지며 천천히 일어섰다. 볼이 불그레하게 부풀어 올랐다.

"형, 미쳤어. 겁도 없이."

겁에 질려 심장이 오그라들어 있던 내가 원망 섞인 목소리로 말했다.

"나쁜 자식들. 싸움짱 아주 찌질하고 못된 놈이야. 주먹을 써도 멋있게 쓰는 놈이 있는 반면, 악의 구렁텅이로 야비하게 몰아가는 놈이 있지. 저 녀석이 바로 그런 놈이야. 나은호가 왜 저런 애랑 다니는지 진짜 이해가 안 가."

"형은 저 싸움짱을 잘 알아?"

"초등학교 때 나랑 같이 놀던 녀석이야. 지금 생각하면 쟤랑 놀던 그때가 제일 한심했어."

거미 형이 비틀거리면서 공중화장실로 들어가더니 찬물로 세수를 했다.

"난 집에 갈래."

내가 기분 나쁜 투로 말했다. 그러자 거미 형이 내 팔을 꽉 붙잡았다.

"너 나랑 우리 집 가기로 했잖아. 같이 가자."

내가 강하게 뿌리칠수록 거미 형은 더욱 장난스럽게 나를 붙잡았다.

"이제 어떻게 하려고 그래? 괴롭힘 당할 텐데."

"쳇! 그래 봐야 저 자식들 별거 없어."

나는 처음엔 거미 형이 허세를 떠는 것이라고 생각했다. 그런데 좀 전에 싸움짱이 했던 행동을 보면 거미 형은 한때 좀 놀아본 인간인가? 사실 거미 형의 정체는 불분명하다. 건강한 동아줄인지 썩은 동아줄인지. 그러나 오늘처럼 때때로 용감한 면을 보이기도 하는 것이 새롭게 보였다.

나란히 어깨를 마주하고 걷던 거미 형이 주택 골목길로 접어들자 갑자기 내 등 뒤로 가 손가락총을 겨눴다.

"손들어! 양손 다 들어. 그리고 가진 거 있으면 내놔."

"아, 왜 이래?"

내가 고개를 뒤로 돌리려 하자 형은 한손으로 우악스럽게 내 목을 비틀어 정면을 바라보게 한 뒤 같은 말을 되풀이했다.

"돈 있으면 좀 내놔 봐. 자선 한 번 베풀어라."

우악스런 손에 목을 저당 잡힌 나는 진짜 강도를 만난 듯 주머니에서 돈을 꺼내 주었다.

"놀랐지? 헤헤헤. 장난이야. 그 돈으로 저 가게에서 사탕 한 봉지만 사 주라."

아무리 장난이라 해도 거미 형은 순간순간 기분 나쁜 경험을 던진다. 게다가 웬 사탕? 나는 인상을 찌푸린 채 거미 형을 바라보았다.

"우리 집 처음 방문하는데 너 그냥 빈손으로 갈 거야? 우리 할머니 사탕 한 봉지는 사 가야 할 거 아니야."

눈앞에 있는 구멍가게로 들어가 제일 작은 포장의 과일사탕 한 봉지를 사서 거미 형에게 건넸다. 형이 사탕 봉지를 바지 주머니에 쑤셔 박았다.

"할머니가 입이 말라서 사탕을 자주 드시곤 하는데 요즘 사탕 떨어진 지도 꽤 됐어. 엄마가 요즘에야 다시 일을 다니거든. 구청에서 알선해 준 일자리야."

거미 형의 집은 다세대주택 삼 층이었다. 지하까지 여덟 세대가 함께 사는 낡은 주택이었다. 집에 들어가니 할머니가 우두커니 앉아 컴컴한 실내를 지키고 있었다.

"검희 오냐? 쟤 누구여, 친구여?"

"아는 동생이야."

거미 형이 퉁명스럽게 대답했다. 나는 어색한 태도로 고개만 꾸벅거렸다. 할머니는 기다렸다는 듯 떡 봉지를 거미 형에게 건넸다.

"노인정서 갖고 왔어. 친구랑 먹어라. 아니 근데 얼굴이 왜 그랴, 어디서 싸움질 했어?"

할머니는 낯빛이 어두워지면서 거미 형 얼굴을 살피기 시작했다.

"아니야. 축구하다 공 맞아서 그래. 이거 놔."

거미 형은 할머니 손을 뿌리쳤다. 그리고 할머니가 내민 떡 봉지를 열어 자기 입으로 처넣었다. 그 다음에야 내게도 절편 하나를 건넸다. 할머니는 물을 떠다 거미 형과 내 앞에 놓아 주었다.

"나쁜 짓하고 돌아다니믄 못쓰는겨. 착하게 살아야 하는겨."

"……."

"항상 니 엄마를 생각해야 혀. 엄마가 얼마나 불쌍하냐. 아빠도 없이."

"……."

"쌈질하지 말고, 또 게임만 하지 말고 공부 열심히 해야 혀. 그래야 훌륭한 사람 되는겨."

"……."

"니 엄마가 얼매나 착한 사람이냐. 할미한테도 얼마나 잘하는

딸인디. 엄마 고생하는 거 생각해서 이다음에 엄마 호강시켜 줘야 해. 목 멕혀. 물 먹으면서 먹어."

할머니는 거미 형이 듣거나 말거나 계속 옆에 앉아 등을 쓰다듬으며 잔소리를 했다. 거미 형은 듣는 건지 마는 건지, 아예 대꾸도 없었다. 나는 이런 할머니와 거미 형을 보면서 언뜻 우리 집에 있었던 콩나물 재배기가 떠올랐다.

엄마는 보험 영업을 하다 보니 고객을 위한 선물을 자주 마련한다. 잡다한 주방용품부터 목욕용품, 때로는 청국장 발효기나 요구르트 제조기 등 선물도 다양하다. 그런데 작년 가을엔 콩나물 재배기가 고객 상품이었는지 집에 시루같이 생긴 작은 재배기 하나를 들고 왔다. 그리고 거기에 콩을 키웠다. 나보고 간간이 물을 주라 해서 몇 번 물을 주었는데, 그때 재미있는 걸 알았다. 콩나물에 물을 주면 물이 밑으로 주르르 다 빠져나가는데도 콩나물은 쑥쑥 자랐다. 뿌리가 물에 맞닿는 것도, 흙에 묻힌 것도 아니다. 물을 줘 봐야 얄밉게 밑으로 다 흘러 버리는데도 영양 많은 콩나물로 자라나는 것이다.

나는 거미 형을 보면서 콩나물이 떠올랐다. 할머니는 콩에 물 주듯 형에게 잔소리를 해 대고, 거미 형은 그 잔소리를 다 흘려 버린다.

떡을 다 먹고 난 거미 형이 주머니에서 사탕을 꺼내 할머니
에게 드렸다.

"이게 뭐여? 돈도 없을 텐데 이건 어서 났어?"

"얘가 사 왔어."

거미 형이 나를 가리켰다.

"어이구 착햐. 그래 잘 먹으마."

할머니는 거미 형과 나의 등을 토닥토닥 두드려 주었다.

"할머니, 탁구채 어딨어?"

그러자 할머니는 무거운 몸을 겨우 일으킨 뒤 신발장 구석에
서 탁구채와 공을 가져왔다.

"어이구 착하지. 게임만 하지 말고 운동을 해야 혀."

탁구채를 받아 든 거미 형이 옥상으로 나를 끌고 올라갔다. 겨
우 한 사람 오를 만한 좁디좁은 계단이 꽈배기처럼 놓여 있었다.
옥상으로 올라가자 탁 트인 하늘 아래 진짜 탁구대가 있었다.

"재밌는 일이란 게 겨우 이 탁구를 말하는 거였어?"

"겨우라니!"

거미 형이 눈을 부릅뜨며 날 노려보았다. 그런데 탁구대는 만
든 것이었다. 거미 형은 버려진 목재와 널빤지를 주워 직접 만든
것이라고 했다. 그런데 믿을 수 없을 만큼 솜씨가 좋았다.

"우리 아버지가 원래 목공일을 했는데 솜씨가 좋았대. 심심해서 탁구대 만들어 봤는데 함께 칠 사람이 있어야지. 너 오늘부터 내 탁구 파트너 하는 거 어때? 하하."

나는 거미 형과 맞서서 탁구를 치기 시작했다. 학교에서 한두 번 해 본 것이 전부지만 그런대로 공을 받아 치기는 했다.

탁구공은 통통 잘 튀며 기분 좋은 소리를 냈다. 우리는 '주거니 받거니' 하면서 사이좋게 탁구를 쳤다. 조심조심 공을 받아 넘기는데 거미 형으로부터 강한 스매싱이 날아 왔다. 내가 미처 받아 내지 못했고, 공은 바닥으로 떼굴떼굴 굴렀다. 그 순간 내 안에 숨어 있던 근성이 나왔다.

"다시 해. 지금까진 몸 풀기였어."

내가 승부욕을 드러내자 거미 형도 기다렸다는 듯 앞니를 드러내고 웃었다. 몸을 구부려 서브를 했는데 의욕과는 다르게 헛팔질을 하고 말았다.

"우헤헤. 야 인마, 제대로 해!"

다시 정신을 모으고 탁구에 집중했다. 어느 정도 시간이 흐른 뒤에는 제법 스피드를 낼 수 있었다.

한참 동안 탁구를 치고 나서 거미 형과 나는 옥상 바닥에 벌러덩 누웠다.

"형, 아까 나은호 패거리들한테 왜 그랬어? 맞을 때 안 무서
웠어?"

"그따위 것들이 뭐가 무서워. 진짜 무서운 애들은 제때 주먹
을 휘두를 줄 아는 애들이야. 찌질한 것들……."

거미 형이 누운 채로 자신의 주먹을 뻗어 꽉 쥐어 보였다.

"나은호가 거기 있는 게 안 어울려. 내가 볼 땐 나은호는 괜히
반항하느라 거기 있는 거야. 나는 걔 마음을 좀 알아. 나도 그
랬었거든. 무언가 가슴에 꽉 차 답답하고 분을 참지 못할 때
괜히 삐딱하게 정반대로 나가고 싶은 그 마음……."

이어서 거미 형이 말했다.

"야, 김 범! 나 어때 보이냐, 좀 한심해 보이냐? 근데 난 이
다음에 진짜 돈 많이 벌 거다. 그래서 고생하는 엄마 꼭 지켜
줄 거다."

"……."

"야, 김 범! 너 내 동생 할래?"

거미 형이 나를 돌아보며 말했다. 그 말은 사랑의 고백처럼 쑥
스럽게 들렸다. 나는 혼자 자라서인지 형, 동생 사이가 어색하
다. 그건 거미 형도 마찬가지일 것이다.

"너도 외동, 나도 외동, 외동끼리 의형제 맺고 형님 아우 하면

어떨까? 형님이라고 불러 봐, 인마!"

"아, 무슨 헛소리야! 됐거든."

나는 일부러 퉁명스럽게 말했다. 거미 형은 거절당한 게 쑥스
럽기라도 한 듯 커다란 소리로 웃었다. 새털구름이 넓게 펼쳐진
푸른 하늘이 눈앞에서 너울대고 있었다.

때로는 미치고, 때로는 흔들리고

다음 날, 나는 해리를 만나 나은호 얘기를 들려주었다. 일진들이 거미 형을 때린 이야기를 여전히 두려움에 떨며 전했다. 또 반 여자애들이 다 나은호를 싫어하고 개 취급한다고 부풀려서 말을 했다. 그리고 나은호가 '여자는 심심풀이'라고 했던 그 핵폭탄급 이야기를 그대로 전했다. 해리는 자기 언니가 나은호의 심심풀이가 됐다는 것에 분개했다.

"그럴 줄 알았어. 나쁜 자식!"

해리가 나은호에게 더욱 적대감을 드러내면서 샤이니 이름의 소설은 점점 거칠어지기 시작했다. 그리고 글 사이사이에 후렴

구처럼 욕을 써 넣었다. 차마 입에 담지 못할 욕들이었다.

현아가 거친 욕을 내뱉고 있을 때 김은우가 다가왔다.

김은우가 현아 어깨에 손을 올렸다. 현아는 속으로 외쳤다.

이 짜식! 내가 니 수작을 모를까 봐.

김은우, 너는 지금 너희 엄마로 인해 생긴 분노를 네 주변의 여자들에게 폭발시키고 있지?

나쁜 녀석. 내가 모를 줄 알고. 너희 엄마가 병자인 것처럼 너도 병자야.

흡혈귀 같은! 악마 같은! 네가 물어뜯은 여자들이 한둘이 아닌 걸 난 잘 알아.

너는 너희 엄마한테 해야 할 복수를 주변 여자들에게 하고 있잖아.

넌 저주받게 될 거야. 니가 저주한 만큼, 너도 저주를 되돌려 받을 거야.

씨 빠 씨 빠! 제발 꺼져 줄래.

그런데 목에 찍힌 불길한 마크 때문인지 현아는 점점 힘을 잃어 갔다. 그리고 미쳐 가고 있었다.

현아뿐만 아니다. 마크가 찍힌 모든 여자애들이 이상해지기 시작했다.

크레이지 크레이지 크레이지⋯⋯.

　샤이니의 글은 예전과는 좀 달랐다. 이야기도 없고 사건도 없고 온통 주인공 김은우에 대한 적대감뿐이었다. 예전에는 이모티콘 사용은 많았어도 소설 속에 이야기는 존재했었다. 이렇게 심한 욕을 쓴 적도 없었다. 게다가 내용은 점점 불행으로 치달으며 이상해졌다. 목에 김은우의 흡혈귀 도장이 새겨진 애들은 병에 걸려 하나씩 죽어 갔다. 교통사고가 나거나, 미쳤거나, 집이 쫄딱 망했거나 하는 일들이 벌어졌다.

　역시 김천사도 저주를 받았어. 푸하하하. 븅신. 그것 봐. 걔랑 놀더니.
　다음 날은 학교 앞에서 교통사고가 났다.
　ㅋㅋㅋㅋㅋ 쟤는 열여덟 번째 그 인간이로군. 잘났어! 아주 잘된 일이야.
　다 뒈졌구나 니들! 김은우 너, 보고 있냐? 눈 뜨고 잘 봐.
　크크크!! 흡혈귀 도장이 훈장이라도 되는 줄 알았지? ㅋㅋ
　저것 좀 봐! 하늘에 온통 저주받은 영혼들이 떠다니고 있잖아.

김은우와 관련된 모든 것은 저주받는 것으로 결론지었다. 왜 그렇게 됐는지 이유도 없고 제멋대로 갈겨쓰듯 막장으로 치달았다. 더 이상한 건 맨 뒷부분이었다. 글의 마지막인 듯한 그 부분은 앞과는 달리 이모티콘을 전혀 쓰지 않았다. 반듯한 문장으로 마무리 지어져 있었는데, 그래서인지 읽을 때 진흙탕에 있다가 깨끗한 땅으로 나온 느낌이었다. 그래서 더 이상하게 느껴졌다. 나는 몰입한 채로 그 부분을 읽어 나갔다. 그런데 이상한 내용이 쓰여 있었다. 그건 바로 현아의 동생 현애가 자살을 하는 것 같은 암시를 해 놓은 것이다.

그런데 김은우는 정말 나쁜 아이였다.
왜냐하면 현아를 불행하게 만든 것으로 모자라 그 동생까지도 불행으로 몰았기 때문이다.
현아가 가장 사랑하는 동생 현애.
현아는 눈을 감는 순간까지도 동생 현애만을 생각했었다.
가장 소중한 동생, 가장 소중한 가족…….
현애도 언니를 잃은 슬픔을 견딜 수가 없었다.
엄마 같은 언니, 가장 소중한 언니를 흡혈귀에게 잃은 뒤로 현애는 날마다 야위어 갔고 상심을 떨쳐 버리지 못했다.

언니! 보고 싶어. 사랑해.

현애는 슬픔을 견디다 못해 결심을 하고 말았다.

복수하기로……. 그 복수라는 것은 가장 슬픈 복수이다.

현애는 여러 날 동안 지치도록 한강 철교 위를 걸었다.

차가운 바람을 맞으며 시퍼런 강물을 바라보기도 했다.

그리고 여러 생각을 했다. 두렵고 무서웠다. 그러나 마음을 먹었다.

현애는 그만…… 스스로…… 사랑하는 언니를 따라 그만…….

현애가 선택한 것은 하얀 가루였다. 아주 슬픈 하얀 가루…….

물에 사르르 녹아 마치 몸도 녹고 영혼도 녹아 버려

아무것도 남아 있지 않을 것 같은.

현애 몸속에 하얀 가루가 살포시 퍼져 눈처럼 녹아내리고…….

그 뒤 현애를 본 사람은 아무도 없다. 현애는 연기처럼 사라졌는가?

나는 소설 속 현애가 언니의 불행을 비관해 자살하는 내용에서 충격을 받았다. 그 동생은 바로 해리이기 때문이다.

"해리가 자살을 하다니! 말도 안 돼. 그럴 수는 없어."

나는 그 소설의 마지막 부분을 읽고 또 읽었다. 해리가 이렇게 쓴 이유가 뭘까?

"이건 암시하는 거야. 절대 있어서는 안 될 일이야."

나는 불안해지기 시작했다. 소설대로 해리가 엉뚱한 짓을 벌이는 건 아닐까. 한강 철교를 왜 걸었을까. 하얀 가루의 정체는 뭘까? 이 세상에 해리가 없다고 생각하니 슬픔이 몰려왔고, 어쩐 일인지 눈에선 눈물이 흘렀다. 나은호에 대한 미움으로 분노가 치밀었다. 당장 가서 나은호의 목덜미를 움켜쥐고 싶었다.

"나쁜 놈! 가만 안 두겠어."

나는 주먹으로 책상을 꽝 두드렸다. 나는 아래층으로 내려가 나은호 집 문 앞에 섰다.

'나은호 목을 졸라 줄 거야. 자기가 뭔데 착한 두 자매를 불행하게 해.'

나는 주먹을 쥐며 부르르 떨었다. 게임에서 졌을 때처럼, 아니 게임에서 악에 받쳐 적에게 사정없이 총알을 발사했던 것처럼 걷잡을 수 없이 감정이 격해졌다.

'이건 소설이잖아. 김 범, 너 왜 그래? 정신 차려.'

아무리 내 자신을 얼러 봐도 감정은 가라앉지 않았다. 소설이 곧 현실이 되어 주리 누나와 해리가 영영 사라질 것만 같았다. 나는 끓어오르는 감정을 누르지 못한 채 나은호 집 문 앞에 섰다.

'두드려. 두드리란 말이야!'

그러나 나은호 집 문을 두드릴 용기가 안 났다. 몇 분 동안 집 앞에서 망설이다 마침내 벨을 눌렀다. 나은호가 문을 열고 고개를 내밀었다.

"넌 나쁜 자식이야! 그럴 순 없다고."

영문을 모르는 나은호가 말없이 나를 바라보다 한마디 내뱉었다.

"너 미쳤구나."

"해리가 자살했어. 두 자매가 불행해졌다고! 다 형 때문이야. 책임지라고!"

나는 정신이상자처럼 떠들었다. 내 작은 눈에선 여전히 눈물이 흘러내렸다.

"뭐야, 이 자식. 무슨 소리야?"

"제발 그러지 마. 나쁜 나은호는 버리고 좋은 나은호를 선택하란 말이야. 주리 누나한테 가서 빨리 용서를 빌어. 해리를 살려 내라고. 으씨!"

내 입에서 주리 누나 이름이 나오자 나은호 눈이 커졌다. 나는 횡설수설하다가 우당탕탕 계단을 올라 집으로 들어왔다. 내

방 침대에 엎어져 꺽꺽 울었다.

'나는 지금 왜 울고 있을까. 난 슬펐나, 외로웠나? 그래. 난 그동안 슬펐나 보다. 울음을 꾹꾹 참았었나 보다.'

나는 알 수 없는 이 감정에 대해 혼자 생각하다 그만 잠이 들었다.

얼마나 잤을까. 정신이 몽롱했다. 좀 전에 나은호를 찾아가 횡설수설했던 일이 사실인지 아닌지조차 판단이 서질 않았다.

"꿈이었을까? 상상 속의 일이었을 거야. 아니야, 진짜 집 앞에 갔잖아."

나는 머리를 움켜쥐었다. 꿈 같은 몽상에 곧잘 빠지는 나지만 이렇게 혼란스럽기는 처음이었다.

그런데 다음 날 소설방에 들어가 보니 난리가 났다. 샤이니가 올린 그 다음 회 소설에도 여전히 심한 욕설이 가득했기 때문이다. 게다가 글의 마지막엔 어느 유명 힙합 가수의 금지곡 가사가 올려 있었는데, 처음부터 끝까지 저속한 욕으로 가득한 가사였다.

해리는 운영자로부터 경고 조치를 받았다. 원래 과한 욕설과 폭력 그리고 야한 장면 묘사는 금지되어 있다. 또 과다한 이모티콘 사용도 자제해야 하는 것이 원칙이다. 지나친 이모티콘 사용은 글과 게시판의 격을 떨어뜨린다는 이유 때문이다. 해리는 자신의 감정을 그렇게밖에 표현할 수 없었는지 유난히 이모티콘 사용이 많았다. 그런 이유로 운영자로부터 경고 조치를 당한 것이다. 우리가 드나드는 소설방은 십 대들을 위해 제법 모범적으로 운영되고, 규칙이 잘 지켜지는 곳이었다. 결국 해리는 지정 작가에서 퇴출 명령까지 받아 방을 빼앗기고 당분간 글도 쓸 수 없게 되었다.

회원들은 '열네 살 초코파이'를 썼던 샤이니가 이렇게 개념 없는 소설을 올린 것에 대부분 실망했다. 이건 소설이 아니라 게시판에 폭탄을 터뜨렸거나, 아니면 더러운 오물을 뿌려 댄 것 같은 이상한 짓이었다. 샤이니 글 밑에는 악플이 대부분이었고, 평생 먹어야 할 욕을 다 먹고 말았다.

해리는 결국 이전에 썼던 '열네 살 초코파이'마저 누가 써 준 것 아니냐는 의심까지 받았다. 그 사랑스럽던 글에 비해 이번에 쓴 글은 너무나 달랐기 때문이다.

그런데 그 사건이 터지자 비로소 나은호에 대한 진짜 사실들을 알게 되었다. 그건 주리 누나를 통해서였다. 주리 누나는 소설방 사건이 터지자 해리에게 나은호에 대해 말해 주었다. 나은호에 대해 가장 많이 아는 사람은 역시 주리 누나였다.

"나은호는 어릴 때부터 엄마에게 정서적 폭력과 학대를 당해 그 트라우마가 아직까지도 남아 있어."

"언니가 그걸 어떻게 알아, 정신과 의사라도 돼?"

해리가 따져 물었다.

"나랑 같이 청소년 상담 선생님께 가서 상담 받은 적 있거든. 너도 잘 알 거야. 우리 센터에 가끔 오셔서 상담해 주시는 임 선생님. 그분께 말씀드려서 정신과 선생님을 만난 적이 있었어."

그 선생님으로부터 들은 결과에 대해 주리 누나는 차분하게 설명했다.

"은호는 매우 불완전한 가정에서 잘못된 애정을 먹고 이제껏 자라 왔어. 그래서 심리가 불안하고, 특별한 대상 즉 여자에 대해 적대적이라는 거야. 그건 엄마에게 당한 정서적 폭력의 결과래. 게다가 걔네 엄마는 유난히 공부에 집착을 해서 은호를 괴롭혔어. 나은호는 그동안 힘든 생활을 견디며 자라 온 거야. 그 애가 두 얼굴이 될 수밖에 없었던 이유가 그러한 것이었어."

그리고 나은호에게 붙어 다녔던 소문들은 대부분 사실임을 알게 되었다. 그런데 가장 놀라운 것은, 이제껏 나은호 엄마가 새

엄마일 거라던 소문은 사실이 아니라는 것이다. 나은호 엄마는 친엄마였고, 오히려 나석호의 엄마는 따로 있었다.

"은호가 혼자일 수밖에 없는 이유가 바로 그거야. 그의 곁엔 아빠도, 형도, 엄마도 없었어. 친엄마마저 병적인 증상이 있었으니⋯⋯. 지금 은호 엄마는 신경쇠약과 영양실조로 병원에 입원해서 치료 중이래."

그런데 나는 주리 누나의 말을 이해할 수 없었다. 이제껏 나은호가 불쌍했던 건 그의 엄마가 친엄마가 아니라는 사실 때문이었다. 우리는 친엄마가 아니라는 사실 하나만으로 때로는 불행을 과장하는 버릇이 있다. 그런데 오히려 친엄마였다니. 그렇다면 나은호가 특별히 불쌍할 것도 없지 않을까. 자기를 낳아준 엄마니까 무엇이든 다 감수하고 용서할 수 있는 것 아닐까.

주리 누나는 나은호가 일진에 있는 것도 엄마에 대한 반항이라고 했다.

"은호가 이젠 거기서 나와야 해. 아마 그럴 거야."

주리 누나 말을 듣고 보니 나은호가 처한 상황이 힘들고 불안한 건 사실이었다.

나는 해리의 생각이 궁금해 슬쩍 해리를 바라보았다. 해리는 어쩐지 풀이 죽어 보였다. 아마도 소설방에서 쫓겨나고 악플 세

례를 받은 것에 크게 상처받은 것 같았다. 나는 악플을 받고 카페에서 퇴출당할 때의 그 더러운 기분을 잘 안다. 비록 얼굴도 본 적 없는 모르는 사람들에게 공격받는다 해도 그건 큰 상처다.

나도 가끔 이유 없이 화가 날 때 다른 사람의 글 밑에 시비 걸듯 욕도 써 놓고 어깃장 부리듯 반대 생각을 달 때가 있었다. 그러면 내 댓글 밑에 주르르 수십 개의 악플이 매달린다. 그때는 맥박이 빨라지면서 손이 부들부들 떨린다. 갑자기 세상에 대한 공포가 몰려오기도 한다. 악플은 꼭 '좀비'들 같다. 그들은 떼로 몰려와 삽시간에 수십 명을 감염시키고 인정사정없이 먹잇감을 공격하기 때문이다.

아마 해리는 그 충격이 컸던 모양이다. 게다가 자신이 열심히 써서 인기를 끌었던 '열네 살 초코파이'까지 의심받는 상황이 되었으니 말이다.

장미꽃과 안개꽃의 조화

　소설방 퇴출 사건이 터지고 난 다음 날 해리가 사라졌다. 내가 염려하던 바가 일어나고 말았다. 해리는 아프다며 학교에서 일찍 조퇴를 하고 집으로 갔다. 나는 해리가 걱정되어 학교가 끝나자마자 해리네 집엘 가 보았다. 그런데 해리는 집에 오지 않았다. 해리 아빠는 해리가 소설방에서 퇴출당한 것도 모르는 듯했다. 공부방에도, 주리 누나가 일하는 분식집에도 해리는 오지 않았다. 주리 누나는 아르바이트도 못 하고 해리가 갈 만한 곳을 찾아 헤맸다.

　"해리는 어디에 있는 걸까?"

나는 하루 종일 불안했다. 해리를 찾아 혼자 길거리를 헤매고 다녔다. 암시하듯 써 놓았던 소설의 마지막 부분이 머릿속을 맴돌았다. 해리는 한강 철교를 걷고 있는 건 아닐까. 현애의 몸을 녹여 사라지게 한 죽음의 하얀 가루를 해리는 구할 수 있을까.

"아니야. 그런 약은 절대 구할 수 없을 거야."

나도 가끔 죽음에 대해, 자살에 대해 생각해 본 적이 있다. 죽는다면 어떻게 죽는 게 가장 편할까도 여러 번 생각해 보았다. 그러나 한결같이 내린 결론은 '죽음은 끔찍하다'였다. 죽기도 쉽지 않을 뿐더러 그 끔찍한 죽음을 선택하느니 힘든 삶이라도 사는 편이 낫다는 결론에 이르곤 했었다. 그리고 무엇보다 신은 사람이 편안하게 죽도록 내버려 두지 않을 것이라고 믿었다. 죽는 꼴을 보고 싶어 하지도 않고, 특히 쉽게 죽으려는 사람을 아주 건방지게 여길 거라 생각했었다.

"그래. 벌레 한 마리도 죽음 직전에 수없이 몸을 비틀고 고통에 떨잖아. 죽는 건 고통 그 자체야. 해리는 절대 그러지 않을 거야. 소설은 그냥 소설일 뿐이야."

해리가 사라진 것은 하루도 되지 않았는데 한 달처럼 느껴졌다. 해리는 어디로 간 것일까. 발이 허공에 뜬 채 어디론가 날아갔을까. 내 발도 허공에 붕 뜬 것처럼 걷잡을 수 없었다. 요즘 오로지 해리 생각만 하며 살던 나는 가슴이 텅 빈 것 같았다.

홀로섬에서 해리섬으로 놓였던 다리가 끊어져 버려 홀로섬은 드넓은 바다에 둥둥 표류되어 버린 느낌이었다.

늦은 저녁이 다 되어서야 나는 아치형 장미 덩굴 문으로 터 덜터덜 들어왔다. 그 문으로 들어온 것은 그저 습관이었다. 근 래에 생긴 습관. 그런데 그곳 벤치에 누군가 앉아 있는 모습이 보였다.

"아!"

하얀 달빛을 받으며 앉아 있는 사람은 바로 해리였다. 나는 반 가움에 하마터면 해리를 와락 안을 뻔했다.

"정해리!"

내 목소리를 들은 해리가 깜짝 놀라며 내게 눈을 돌렸다.

"네가 여긴 웬일로……? 아 참! 너희 집이 여기라고 했지. 아, 내가 깜빡했다. 난 우리 언니만 생각하고."

"하루 종일 여기 있었던 거야? 난 그것도 모르고……."

"온종일 걸었어. 그러다 나도 언니의 마음이 되어 이곳에 한 번 와 보고 싶었어."

해리는 한동안 말이 없었다. 나도 무슨 말을 해야 할지 입이 붙어 버렸다.

"넝쿨 장미들이 참 예쁘다. 그런데 나는 왜 이곳을 더럽고 기분 나쁜 곳으로 생각했을까. 언니는 이곳을 가장 아름다운 곳으로 말했거든. 같은 장소를 한 사람은 가장 아름답게, 한 사람은 가장 더럽고 추한 곳으로 생각하다니, 참 웃기지?"

해리는 한참 동안 말이 없었다.

"장미는 낮에 햇빛을 받으면 색이 더 붉어 예쁘겠다. 언니와 나은호처럼 말이야……."

나는 해리의 다음 말을 기다렸다.

"둘은 어쩌면 정말 아름다운 친구 사이일지도 모르는데…….
안 그러니? 그런데 왜 나는 가시에 찔리고 피 나고 상처 나는 것으로만 생각했던 것일까. 넝쿨 장미들이 저렇게 예쁜데 말이야."

해리의 말이 이상하리만치 가슴에 깊게 스며들었다.

"우리 언니는 참 착해. 너도 알지?"

나는 고개만 끄덕여 주었다.

"언니도 아직은 누군가의 돌봄을 받으며 커야 할 나이인데도 병든 아빠와 나를 돌보면서 소녀 가장으로 사는 게 안됐어. 언니가 자랑스럽기도 하고, 고맙기도 하고, 또…… 항상 불쌍해."

해리는 그동안 깊은 곳에 숨겨 놓았던 것을 고백하듯 조심조심 말을 이어 나갔다.

"그런 언니가 요즘 무척 행복해했어. 그 인간, 나은호 때문에."

해리 목소리는 한결 차분해져 있었다.

"나는 왜 언니를 괴롭히는 걸까? 언니를 사랑하면서 말이야."

해리가 깊은 한숨을 내쉬었다.

"언니가 보고 싶어. 잠깐 안 본 새에 말이야."

"해리야, 주리 누나는 오늘 아르바이트도 못 가고 종일 너를 찾아 다녔어."

"불쌍한 언니……. 우리 집은 왜 이렇게 가난한 건지."

해리가 무거운 한숨을 내쉬었다. 그 한숨 소리에 어둠이 더욱 짙게 느껴졌다.

그렇다. 해리네 집은 생각보다 정말 가난했다. 나라에서 쌀이 오지 않는다면 당장 굶을 수밖에 없는 상황이었다. 주리 누나가 아직 열다섯 살밖에 안 된 나이로 부모 동의 아래 친척집 일을 거들 수밖에 없는 이유를 나는 잘 안다.

"아빠 약값이 생각보다 많이 들어."

어둠 속이지만 해리 눈가에 이슬이 어려 있는 것을 보았다. 그

눈물을 보자 가슴이 또 한 번 무너져 내렸다.

"너 얼마 전 뉴스에 나온 세 자매 사건 알아?"

해리 목소리는 아주 낮게 가라앉아 있었다.

"글쎄 무슨 사건인지 잘 모르는데?"

"나는 그 뉴스 보고 몸서리치게 무서웠는데……."

해리가 들려준 사건은 이러했다.

어느 다세대주택 지하 월세 방에서 십 대 세 자매가 영양실조와 다리 골절, 간질병의 상태로 발견된 사건이었다. 세 자매는 친아빠와 새엄마로부터 버려져 아무 돌봄도 받지 못했던 것이다. 세 자매의 친아빠와 새엄마는 고작 월세와 적은 생활비만 보낸 채 몇 년간 자녀들을 무심히 방치했던 것이다. 세 자매는 실제로는 보호자의 보살핌도 없고 경제적으로도 최악의 환경이었다. 그럼에도 불구하고 서류상으로 부모가 있다는 이유로 나라로부터 아무 보살핌도 받지 못한 채 어둠에 갇혀 있다가 세상에 알려지게 된 것이다.

"나는 그 일이 남의 일이 아닌 것처럼 여겨져. 어쩌면 나도 그렇게 될 수 있었어."

"하지만 넌 그들과는 달라. 넌 너를 보살펴 주는 아빠와 엄마 같은 언니가 있잖아."

"맞아. 그래서 난 고맙고 행복해. 공부방 선생님들 그리고 지역에서 보내 오는 물품들, 그런 보살핌 덕분에 살고 있어. 그런데 가끔 가난하다는 것이 슬픈 건 사실이야."

"힘내! 네가 말했잖아, 겉은 중요하지 않다고. 그 속에서 어떤 사람들이 어떻게 살아가는지가 중요한 거라고."

전에 해리가 했던 말을 되뇌며 내가 위로를 보내자 해리가 밝게 웃었다.

"맞아. 컨테이너는 중요하지 않아. 그 안의 콘텐츠가 중요한 거야."

"해리, 네게서 가난은 조금도 느껴지지 않아. 너희 집은 물질적으로는 비어 있지만 너는 행복해 보여. 그래서 난 네가 부러워."

나를 바라보는 해리 눈은 그 말이 진짜인지를 묻는 듯했다.

"너희 가족은 서로 사랑하잖아. 그래서 결코 초라해 보이거나 가난해 보이지 않아."

내가 던진 위로의 말에 해리 얼굴이 조금 펴진 것을 느꼈다.

"우리 집이 정말 그렇게 보이니?"

"응. 진실로! 그러니까 힘내."

"알았어. 다시 예전의 나로 돌아갈게. 밝고 건강한 긍정 소녀로!"

나는 씩 웃으며 해리에게 엄지손가락을 펴 보였다.

"김 범, 너 이제 보니 제법이다. 너 정말 다시 봤어."

"뭘?"

"넌 평소 거의 혼자 지내면서 말도 없잖아. 나랑은 가끔 이야기를 했지만, 어떨 땐 너란 아이는 누구와도 소통이 안 되는 외톨이나 운둔자로 보이기도 했거든. 근데 이렇게 멋진 말로 친구를 위로해 줄 줄도 알고!"

해리 칭찬이 좀 쑥스럽긴 했지만 내가 생각해도 십사 년을 살면서 지껄인 말 중에 최고 멋있는 말을 뱉은 것 같았다.

무겁게 가라앉아 있던 해리 목소리가 조금 경쾌해졌다.

"나 집에 갈래. 아빠랑 언니랑 보고 싶어. 많이 걱정할 텐데."

"내가 함께 가 줄게."

나는 끝까지 신사처럼 굴고 싶었다. 어둔 밤길을 해리와 함께 걷고 있는데 해리가 향기로운 장미꽃이 되어 내게 손을 뻗었다. 나는 깜짝 놀라 걸음을 멈추었다. 가슴은 제멋대로 콩닥거렸다. 나는 왜 이리 세련되지 못한지. 그만 해리 앞에서 대놓고 큰 숨을 몰아쉬었다. 긴장한 티를 너무 내고 만 것이다. 어쩔 수 없다. 나는 이런 경험이 처음이니까.

떨려서 선뜻 손을 내밀지 못하던 나는 축축해진 손을 바지에 쓱쓱 문댄 뒤 해리 손을 잡았다. 그 순간 가슴에서 하얀 안개꽃 같은 뿌듯함이 피어올랐다. 나는 내 발끝만 보고 걸었다. 나의 신경세포는 해리와 잡은 손으로 온통 쏠렸다. 귀에는 아무 소리도 안 들렸다. 해리가 "야, 저 달 좀 봐. 무척 밝아."라고 하는 말도 못 들을 정도였다.

"야, 저 달 좀 보라고! 진짜 크고 환해."

해리가 툭 쳤을 때에야 비로소 하늘을 올려다보았다. 하늘에는 정말 둥글고 밝은 달이 떠 있었다.

'저 달은 왜 떠 있는 걸까? 오늘밤은 왜 저렇게 밝은 걸까?'

나는 어느새 철학자가 된 것 같았다. 해리와 함께할 때 주변의 모든 것은 다 이유가 있을 것만 같고 의미가 있는 것으로 생각된다.

하얀 달은 장미꽃 같은 해리와 안개꽃 같은 나에게 환한 빛을 뿌려 주고 있었다.

기억 속의 집

나는 지금 장미 덩굴 옆 벤치에 똑바른 자세로 누워 있다. 석가모니는 보리수나무 아래서 깨달음을 얻었다고 했다. 나는 지금 장미 덩굴 곁에서 무성한 장미 이파리를 보며 골똘히 생각에 잠겨 있다. 붉게 피던 장미도 이제 다 져 버리고, 말라 버린 꽃송이 몇 개만 꼬투리처럼 흔적을 남겨 놓고 있다. 나는 가만히 누워 요즘 내게 일어난 일들을 곰곰이 씹고 있다.

'맞다! 내가 변했다. 아니 변해 가고 있다. 그건 참 이상한 일이다.'

나는 사람과 사람이 손을 맞잡는다거나, 어깨동무를 한다거나, 얼굴을 마주한다거나 하는 사실이 왜 중요한지 깨달았다. 그건 열네 살의 내겐 석가모니가 도를 터득한 것만큼이나 큰 깨달음이다. 개미가 페로몬이라는 물질로 서로 소통하는 것처럼 우리도 손을 뻗어 누군가와 관계를 맺으면서 소통이 시작되는 것이다. 홀로섬에서 지내던 내가 해리와 손을 맞잡자 홀로섬이 사라졌다. 대신 우리 둘에겐 '이야기'가 생겨나고 있었다.

나는 이제 해리와 말을 하고, 그 애의 얼굴을 보면서 함께 웃는 것이 기쁘다. 해리를 생각하면 저절로 미소가 지어진다. 해리의 손길, 해리의 눈웃음, 해리의 목소리……. 나는 눈을 지그시 감았다. 눈을 감자 해리의 모습이 더욱 자세히 보였다.

짧은 교복 치마 아래로 보이는 예쁜 종아리, 피아노 건반 위에 올려놓으면 딱 어울릴 듯한 희고 고운 손, 웃을 때의 깨끗하고 고른 잇속, 눈을 내리깔 때 보이는 짙은 속눈썹, 방울새가 낼 것만 같은 청아하고 예쁜 목소리……. 내 머릿속의 해리는 모든 면에서 완벽하다. 해리는 여신이며 반짝이는 다이아몬드다.

나는 보석 같은 해리를 떠올리며 평소 내가 꿈꾸던 희망사항을 슬며시 그려 보았다. 그건 여자 친구의 방에 초대되어 둘만의 시간을 보내는 꿈이다. 남자들은 여자 친구의 방에 대해 얼마나 큰 환상을 갖고 있는지……. 비록 해리네 집 현실과는 다르지만 나는 즐거운 상상을 해 보았다.

　　핑크빛 벽지로 둘러싸인 해리의 방.

　　나는 그 방에 들어가 방문을 걸어 잠근다.

　　보석 같은 해리 눈이 나를 향해 눈웃음친다.

　　향기로운 꽃내음이 가득한 그 방,

　　그곳엔 해리와 나 둘뿐이다.

　　해리가 침대 끝에 걸터앉아 나를 오라고 한다.

　　나는 해리 곁에 앉아 그 고운 손을 잡는다.

　　해리가 내 귀에 대고 뭐라 속삭인다. 간지럽다.

　　귀에서 볼로 그리고 코끝으로 장미꽃 향기가 번진다.

　　나는 해리의 꽃잎 같은 입술을 바라본다.

　　아, 저 꽃잎에 키스했으면…….

　　해리가 여전히 눈웃음 지으며 나를 바라본다.

　　그리고 나비가 고요히 날개를 접은 것처럼

　　해리도 고요히 속눈썹 날개를 접었다.

　　아, 떨린다…….

　　그것은 달콤하고 부드러운 꽃잎이었다.

"이제 아주 여기서 사는구나."

분위기를 확 깨는 목소리였다. 나는 눈을 번쩍 떴다. 기미 형
이었다.

"나은호 만나려고 잠복근무 중이냐? 아니면 여기가 네 아지
트라도 되냐?"

기분이 확 망가졌다. 저 형은 왜 항상 나를 방해하는지! 나는
신경질적으로 몸을 일으키며 머리를 마구 긁어 댔다.

"그런 거 아니야. 나 이제 나은호한테 관심 없어."

사실 해리가 더 이상 나은호 이야기를 쓰지 않는 뒤부터 나도
나은호에 대한 관심이 줄었다. 전처럼 나은호를 훔쳐보는 일도
이젠 필요치 않았다. 요즘 나의 모든 미세한 촉은 해리에게 향
해 있으니까.

"야, 나랑 탁구나 치자."

거미 형은 요즘 탁구바람이 불어 툭하면 내게 탁구를 치자고
했다.

"날 좀 내버려 둬. 혼자 있고 싶어."

"어쭈! 너 지금 사춘기냐? 헤헤헤, 너 사랑에 빠졌구나."

그 말에 얼굴이 확 달아올랐다.

"그런 거 아니야. 관심 없어. 다 귀찮아!"

나는 손사래를 치면서 강하게 부정했지만 그건 사실 긍정이
었다.

"야, 가자. 내가 재미난 얘기 들려줄게. 오늘 빅뉴스가 있어."

"그게 뭔데?"

"탁구 치러 갈 거야, 안 갈 거야? 간다면 말해 주고."

나는 할 수 없이 일어나 거미 형을 따라 걷기 시작했다.

"나은호가 오늘 일진 싸움짱이랑 맞짱 떴어."

내 눈이 번쩍 떠졌다.

"여자 치마 속 찍은 사진, 그거 싸움짱 놈이 시켜서 까불이가
저지른 거래. 나은호가 담임한테 다 불었어. 그동안 나은호가
뒤집어쓰고 있었던 거야."

"정말?"

"나은호가 일진들과 결별을 선언한 거나 마찬가지야."

"헐! 그게 정말이야?"

거미 형 말로는 나은호가 요즘 전과는 달라졌다고 한다. 학교
가 끝나도 일진들하고 어울려 다니지 않고, 같은 반인 일진 까불
이와도 거리를 두며 지낸다고 했다. 그러다 오늘 마침내 싸움짱
이랑 단단히 붙은 모양이었다.

"나은호가 공부도 잘하고 선생님들이 인정하는 모범생이니까

그런 애 곁에 두고 커버하려 했던 거지."

"그래서 결과는 어떻게 됐어?"

"그건 몰라. 그 싸움짱 녀석, 나은호를 안 괴롭히려나 몰라."

거미 형도 지난번 일진들한테 맞은 이후로 한동안 그들을 피해 다녀야만 했었다.

'주리 누나랑은 어떻게 됐을까?'

요즘 해리를 만나도 주리 누나와 나은호에 대해 들은 바가 없었다. 해리는 소설방 퇴출 사건 이후로 조금은 풀이 죽은 듯이 생활했다. 주리 누나는 여전히 아르바이트와 집안일을 힘겹게 해 나가고 있었다.

"요즘 진짜 이상해. 나은호가 나한테도 잘해 준다. 오히려 그
때 그 일 이후로……."

어느새 거미 형 집에 다다랐다. 거미 형이 오자마자 할머니는 노인정에서 얻어 온 옥수수빵 한 덩이를 건네면서 여전히 '나쁜 짓 하면 안 된다'고 잔소리를 했다. 거미 형 역시 할머니 잔소리를 듣는 둥 마는 둥 했다.

옥상에 올라가니 탁구대가 달라져 있었다. 탁구대 네 귀퉁이마다 토끼 그림이 그려 있었다.

"내가 그린 건데 어때? 내가 개발할 게임 캐릭터야."

거미 형이 그린 토끼는 만화 캐릭터처럼 그려 있었는데 그 큰 덩치와는 달리 너무 작고 앙증맞았다.

"형이 게임 캐릭터를 개발할 거라고?"

"응. 게임 개발자가 꿈인데 저 캐릭터가 선한 인물이고, 이제 악한 인물도 만들어 낼 거야. 근데 저 토끼가 무슨 토끼인 줄 알아? '귀 세운 토끼'야."

거미 형에게도 꿈이 있다는 사실이 좀 놀라웠다.

"너는 꿈이 뭐냐?"

거미 형이 무심히 묻는 말인데도 뜨끔했다. 뭐라 할 말이 없었으니까. 해리 앞에서처럼 되지도 않을 개미 연구가라는 소리를 여기서까지 지껄일 필요는 없었다.

"아직 없어. 형은 근데 왜 게임 개발자야?"

"그냥 게임을 좋아하니까. 재밌는 게임 개발하고 싶어. 인기 얻으면 돈도 많이 벌잖아."

게임 개발자의 꿈이 어떤 꿈인지는 모른다. 다만 꿈을 갖고 있는 거미 형이 부럽기도 하고 달라 보였다.

'나는 무슨 꿈을 가져야 할까?'

속으로 그런 생각을 하고 있을 때 거미 형이 서브 자세를 취하며 말했다.

"야, 시작한다."

나는 몸에 긴장감을 넣으며 받아 낼 자세를 취했다.

똑 딱 똑 딱!

시간이 흐를수록 탁구 소리가 경쾌하고도 신명나게 느껴졌다. 탁구는 한 번 할 때마다 실력이 금방 향상되었다. 이마에서 땀이 빗방울 떨어지듯 뚝뚝 흘러내렸다. 한참 땀을 쏟고 나자 비 쏟아진 뒤 맑아진 공기처럼 내 몸도 그러했다.

그때 할머니가 옥상 계단 중간까지 올라와 얼굴을 반쯤 내보이며 말했다.

"그만하고 내려와 저녁 먹자."

어느새 하늘로부터 남청색 어둠이 내려앉고 있었다. 계단을 내려가니 할머니가 끓인 구수한 된장찌개 냄새가 식욕을 돋우었다. 할머니는 내게 밥을 먹고 가라고 했지만 나는 서둘러 거미 형 집을 빠져나왔다. 그동안 남의 집에서 밥을 먹은 적은 거의 없었다. 누군가가 내게 밥 먹으라고 수저를 권한 적도 없었다. 배가 많이 고파 사실 거미 형 집에서 밥을 먹고 싶었다. 그런데 나는 그냥 집으로 내달렸다.

다세대주택 골목을 빠져나오는데 어느 집에서 저녁밥 짓는 냄새가 났다. 오랜만에 맡는 냄새다. 반지하방 열린 창문으로 그 집 안이 훤히 보였다. 아이 둘이 까르르 웃으며 아빠와 놀고 있었다. 엄마는 또각또각 도마질을 하고 있었다. 무언가 가득 차 보이는 따뜻한 저녁 풍경, 나는 심한 허기를 느꼈다. 주변은 이미 어두워졌고 나는 괜히 울컥했다. 갑자기 집이 그리워졌다. 현관문을 열면 따뜻한 공기가 나를 맞아 주고, 허기진 배를 채워 주는 밥상과 가족이 있는 집.

갑자기 배가 더욱 주려 오면서 마음이 슬퍼졌다. 순간 엄마에게 전화를 걸어야겠다는 생각이 들었다. 나는 걸어가면서 엄마에게 전화를 했다.

"밥 먹고 싶어. 밥 줘!"

갑자기 전화를 해 밥 달라는 아들 말에 엄마는 영문을 몰라 했다.

"밥 먹고 싶어. 엄마가 해 준 밥 먹고 싶다고!"

엄마가 무슨 말인가 하려 했지만 나는 듣고 싶지 않아 더욱 큰 소리로 외쳤다.

"밥 달라고. 라면 먹기 싫다고!"

소리를 냅다 지른 뒤 전화를 끊어 버렸다. 눈에 핑그르르 눈물이 고였다. 나도 집이 있었던가. 나를 가운데 앉혀 놓고 내 웃음 한 방에 행복이 꽉 차오르던 집……

내 발걸음은 저절로 편의점으로 향했다.

'엄마는 보나마나 늦을 거야.'

편의점에서 컵라면을 샀다. 나 말고도 두 사람이 선 채로 라면을 먹고 있었는데, 그 모습이 쓸쓸해 보였다. 나도 덜 익은 라면을 후루룩 넘겼다. 먹다가 문득 해리 생각이 났다. 해리…….

"그래, 내겐 해리가 있잖아!"

해리의 환한 얼굴이 햇덩이처럼 내 가슴으로 파고 들어왔다. 그러자 주렸던 배가 차올랐다. 편의점 유리창에 얼비치는 내 얼굴은 어느새 피식 웃고 있었다.

현관문을 열자 어둠뿐일 것이라고 생각했던 거실이 환했다. 전화기에 대고 한바탕 소리를 질러서인지, 엄마는 일찍 들어와 있었다. 웬일인지 아빠도 지방에서 일찍 돌아왔다.

"너 오늘 왜 그런 거야, 무슨 일 있었어?"

엄마가 내 눈치를 살피며 조심스레 물었다. 나는 말하기 싫어 입을 꾹 다물었다. 그러자 엄마가 다시 물었다. 나는 짜증 섞인 목소리로 말했다.

"배고파서 짜증 났어."

"오늘따라 왜?"

"오늘따라 아니야. 그동안 계속 그랬어. 엄마가 요즘 밥 해 준 적 있어?"

"엄마가 놀러 다니느라 그런 거 아니잖아. 이번 달에 달성해야 할 영업 목표가 있어서 좀 바빴어. 나도 힘들다!"

엄마가 한숨을 푹 내쉬었다. 그때 아빠가 끼어들었다.

"당신 힘든 것 잘 아는데, 범이 말도 틀린 거 없네. 요즘 당신 집안일에 통 신경 안 쓰며 사는 거 알아?"

"돈 버느라 그러지, 내가 괜히 그래? 사람 만나 보험 하나 파는 게 쉬운 줄 알아? 그리고 대출 상환하라고 독촉장 날아왔어. 어떻게 할 거야? 대출 이자에, 원금 상환에, 아주 골치가 아파. 가장이면 대책을 내놔 봐."

엄마가 거실 서랍에서 독촉장을 꺼내 아빠에게 집어던졌다. 아빠는 그 독촉장을 쳐다보지도 않으며 대꾸했다.

"그러게 왜 무리해서 집을 샀냐고. 이게 다 당신 때문이잖아."

"이게 왜 나 때문이야. 처음에 이 집 사고 집값이 치솟을 땐 당신도 좋아했잖아. 그런데 이제 집값이 내려가고 금리가 오르니까 이게 다 나 때문이라고?"

"솔직히 당신이 욕심 부렸잖아. 이 아파트로 와야 범이도 공부할 환경이 된다더니, 그래서 애가 달라졌어? 오히려 애는 뒷

전이고 당신은 날마다 늦기나 하고."

두 사람의 싸움이 또 시작되었다. 그놈의 빚, 대출, 돈……. 우울했던 기분을 해리를 떠올리며 겨우 풀고 왔는데, 집에 와서 엄마 아빠를 보자 짜증이 확 차올랐다.

"이제 그만 좀 해요. 맨날 돈, 돈. 지겹다고, 에이 씨!"

내가 화를 벌컥 내자 엄마도 나를 향해 소리를 질렀다.

"지겹다고? 엄마도 지겨워. 돈 많이 벌어서 너 하나 잘 키워 보려 했는데…… 사는 꼴은 맨날 똑같고."

"내 핑계 좀 그만 대. 솔직히 엄마 욕심 때문에 그런 거잖아. 그리고 나한테 잘해 준 게 뭔데? 신경도 안 쓰면서 무슨! 맨날 둘이서 물어뜯기나 하고, 에잇!"

나는 내 방으로 들어와 '쾅' 소리 나게 방문을 닫아 잠가 버렸다. 그러자 아빠가 잠겨 있는 내 방문을 흔들며 야단을 쳤다.

"너 이놈 자식, 어디서 엄마 아빠한테 대들어!"

착잡한 마음에 컴퓨터를 켰다. 이럴 땐 총으로 사정없이 발사하고 싶은 심정이다. 온라인게임에 방을 만들어 놓고 사람들이 들어오길 기다렸다. 곧바로 게임이 시작되었다. 총을 들고 적진으로 거침없이 나아갔다. 거실에서는 여전히 엄마와 아빠의 말싸움이 이어졌다. 두 사람은 오프라인에서 서로 총을 겨누며 공격하고 있었다.

여자가 남자에게 따발총을 쏘아 댔다. 소리가 요란하다.

"대출금 어쩔 거냐고. 이제 어디 돈 빌릴 데도 없어. 카드 빚
도 잔뜩이고. 무슨 남자가 이렇게 무책임해?"

그러자 벽에 몸을 숨겨 총알을 피했던 남자가 여자를 향해 총
구를 겨눴다. 그리고 잽싸게 한 방 공격한 뒤 또 숨어 버렸다. 아
주 쩨쩨하고 야비한 공격이다.

"이깟 집, 차라리 없는 게 나아. 당장 팔아 버려! 그 방법밖
에 더 있겠어."

남자가 쏘아 댄 총알을 정통으로 맞은 여자가 쓰러진 채로 가
슴에서 피를 쏟으며 괴로워한다.

"그럼 어디로 가자고. 또 남의 집, 방 두 칸짜리로 가자고?
흑!"

꺽꺽 울음소리가 터져 나왔다. 나는 게임을 멈추고 귀를 세웠
다. 엄마 울음소리다. 엄마가 운 적은 없었다. 아빠보다 더 강한
사람이 엄마인데…….

그때 벽에 숨어 총구만 내놓던 남자가 조심조심 쓰러진 여자
에게 다가온다. 죽었나 살았나 건드려 보려는 것이다.

"범이 엄마, 내 말 좀 들어 봐. 우리 이렇게 사느니 집을 팝시

다. 이 집 와서 대출 빚에 허덕이느라 하루도 편한 날이 없었던 것 같아. 집 팔아 빚 갚고 새로 시작하자, 응?"

남자는 자신이 쏘아 댄 총에 맞아 피를 쏟으며 쓰러진 여자를 발로 툭 찬다. 다행히 죽지는 않았다. 여자의 기세를 한 풀 꺾어 놨으니 이제 평화협정을 맺어도 좋을 것이다. 여자는 상처 부위를 부여잡더니 천천히 몸을 일으킨다.

"에휴, 아등바등 애쓰고 살았는데 누구 하나 알아주지도 않고……."

"당신 고생한 걸 왜 모르겠어. 다 알지, 다 안다고!"

남자가 손을 내밀어 여자를 일으켜 세워 준다. 둘은 이제부터 동지가 된 것이다. 둘은 총을 들고 적진을 향해 한 방향으로 조심조심 나아간다.

"에휴, 겨우 집 한 칸 마련했나 했더니, 빚 덩이뿐. 번다고 벌어도 맨날 이 모양……."

거실에서는 얼마간 엄마의 신세타령이 이어졌다. 엄마를 달래려는 듯 간간이 아빠 목소리가 들려왔다. 신세타령이 차차 잦아들고 마침내 두 사람이 조용하다. 비로소 무언가 대책을 강구하는 듯 조곤조곤 이야기가 길다. 오프라인의 총싸움은 이렇게 끝나 가고 있었다.

나는 쫑긋 세웠던 귀를 내렸다. 그리고 멈췄던 게임을 다시 시작하려고 마우스를 움직였다. 그러나 마음은 이미 차분해져 있었다. 결국 ESC키를 누르고 빠져나왔다.

불을 끄고 침대에 누웠다. 밖은 더욱 조용해졌다. 엄마와 아빠는 꽤 오래도록 이야기를 나누고 있었다.

문득 머릿속에 희미하게 집 한 채가 떠올랐다. 실제였는지 상상 속의 집인지 뚜렷하지는 않다. 그 집은 아주 작은 집이다. 그 집에서 작은 아이 하나가 웃고 있다. 아이 웃음에서 번져 나오는 밝은 빛이 집을 가득 채운다.

잊힐 뻔했던 아주 오래된 기억 속의 집이다.

샤이니2의 함께 쓰는 이야기

해리가 소설방에서 경고를 받아 지정 작가 방에서 퇴출당하고 난 뒤, 나는 소설방에 드나드는 것에 흥미를 잃었다. 내가 가장 좋아하고 재밌게 봤던 샤이니의 글이 사라졌으니 흥미를 잃을 만도 했다. 게다가 이젠 소설방이 아니어도 해리와 가까운 사이가 됐으니, 그곳 드나드는 일이 예전처럼 중요하지는 않았다.

그러다 모처럼 소설방에 들어가게 되었는데 마침 소설대회 중이었다. 그런데 샤이니2란 닉네임으로 누군가 가입을 했고, 소설방에는 이미 소설이 올려져 있었다.

나는 흥분하지 않을 수 없었다. 샤이니2면 샤이니, 즉 해리가 다시 들어온 것인가? 다른 회원들도 궁금한지 댓글이 많이 달려 있었다. 샤이니에게 악플을 달았던 사람들은 샤이니가 또다시 2를 달고 나타났다며 여전히 비아냥거렸다. 하지만 대부분의 회원들은 샤이니2가 샤이니와 같은 사람이며 '열네 살의 초코파이'처럼 사랑스러운 글을 써 주기를 바라는 분위기였다. 나는 샤이니2의 글을 클릭해서 읽어 보았다.

제목은 '둘이 함께 쓰는 이야기' 1회였고, '인트로'라는 말이 달려 있었다. 인트로! 뭔가 본격적인 글을 시작하기 전에 암시를 주는 글 같았다. 거칠게 써 나갔던 지난번과는 달리 매우 단정하고 반듯한 문장으로 쓰여 있었다. 소설은 연극 무대가 배경인 듯 주인공 김은우와 현아가 번갈아 무대에 나와 독백처럼 중얼거리는 것에서 시작되었다.

인트로

★김은우의 독백
내 진실한 친구 H에게.
엄마 얘기해 줄게. 엄마는 항상 신경이 예민했어. 우울증도 있었어.

그래서 모든 신경질을 내게 부렸지. 스트레스로 인해 매도 자주 들었어.

난 엄마 앞에서 항상 말을 잘 들어야만 했어.

어릴 때부터 폭력에 길들여진 사람이 얼마나 비굴한지 모를 거야.

지금은 엄마가 매를 들지 못할 정도로 내가 커 버렸지만 희한하게 어릴 때 폭력은 두고두고 나를 괴롭혔어. 지금까지도.

나는 엄마가 밉지만 이상하게 엄마 앞에선 온순한 양이 되어 버려.

나는 엄마를 엄마라고 부르고 싶지도 않았어. 내겐 그 여자일 뿐이었어.

그 여자는 아빠의 전 부인, 즉 형의 엄마에게 심한 콤플렉스를 느끼고 있었어.

자기 때문에 형 엄마와 아빠가 이혼한 것에 대해 죄책감 같은 것도 갖고 있지.

게다가 자신이 아이를 맡았으니 잘 키워야 한다는 강박관념에 사로잡혀 있었던 거야.

그런데 불행히도 엄마 노릇을 잘 하질 못했어. 그래서 아빠와 많이 갈등했어.

아빠는 특히 전 부인과 이혼하고 우리 엄마와 결혼한 것을 무척 후회했거든.

다행히 형, 김철우는 머리가 비상해서 그 여자가 특별히 잘 가르치지 않아도 스스로 뛰어났어.

형이 뛰어날수록 그 여자는 내 부족함을 견딜 수 없어 하는 거야.

"형처럼 해 보란 말이야. 더 높이, 더 최고가 되어야 해."라며 나를 닦달했어.

엄마는 욕심이 지나쳐. 평범한 나를 형처럼 천재로 만들려고 했지.

형이 공부로 두각을 나타낼수록 내 그늘은 짙어져 갔지.

내가 어릴 때 엄마는 나를 잠 못 자게 했어. 완전 정신병자지.

수학 문제를 밤새 풀게 했어. 잠이 들면 회초리로 내 등을 때렸어.

하지만 형에게는 한 번도 큰 소리를 낸 적이 없어. 철저히 두 얼굴로 살아간 거지.

그리고 형이 보는 앞에서 내게 매를 들었어. 형은 형대로 그것이 공포였을 거야.

왜 자기가 낳은 아들에게 그런 모욕을 주는 건지 나로서는 이해할 수 없었어.

난 어릴 때부터 형이랑 즐거웠던 추억은 아무것도 없어.

우린 같은 공간에 있어도 늘 따로 놀았어.

나는 형이 사라졌으면 좋겠다고 생각했어.

또 엄마에 대한 분노로 모든 여자들이 싫었던 거야. 처음엔 너마저도!

♥ 현아의 독백

 내 진실한 친구 E에게.

김은우를 처음 만났을 때 나는 김은우가 진실하지 못하다는 것을 느끼고 있었어.

또 김은우 주변에는 여자가 많다는 것을 이미 알고 있었거든.

하지만 너에게 끌린 건 사실이야.

넌 나를 노리개처럼 갖고 놀다가 팽개쳐 버리고 또 다른 장난감을 사려고 했다는 걸 잘 알아.

그런데 네가 왜 그러는지 그것 또한 잘 알아.

김은우, 너는 지금 너희 엄마로 인해 생긴 분노를 네 주변의 여자들에게 폭발시키고 있지?

너는 말끝마다 너희 엄마가 정신병자라고 말했지만 너도 불안한 아이였어.

너는 너희 엄마한테 하고 싶었던 복수를 주변 여자들에게 하고 있잖아.

그런데 언젠가부터 이런 네가 자꾸 불쌍해졌어.

내가 도와줘야 해. 다쳐서 찢어진 마음을 내가 아물게 해 줘야 해.

그리고 어떤 어려움이 있어도 네게 밝은 빛을 줘야겠다고 생각한 거지.

사람마다 세상에 태어나 해야 할 일이 있는 법이야. 그건 누군가의 손을 잡는 일.

누구나 자신이 손잡아 줘야 할 상대가 세상 어딘가엔 반드시 있기 때문이지.

★김은우와 ♥현아의 대화

★ 모든 여자들이 싫었지만 너만은 아니었어. 믿어지지 않겠지만 그건 사실이야.

나도 내 마음을 몰라. 너를 만나고 난 뒤 이전과는 분명 달랐으니까.

♥ 남들은 너를 알 수 없는 녀석이라고 욕했지만 난 너를 욕할 수 없었어.

나도 내 마음을 몰라. 너를 만나고 나는 네 속에 감춰진 슬픔을 보았으니까.

★ 내가 그렇게 슬퍼 보였니?

♥ 응. 넌 많이 슬픈 아이야. 그렇지, 내 말이 맞지?

이젠 네가 달라졌으면 좋겠어. 네게 있는 너답지 않은 가면을 하나씩 벗고 원래 네 모습, 처음 태어나 엄마 품에서 방긋방긋 웃던 너로 돌아가면 좋겠어.

★ 넌 어떻게 날마다 웃을 수 있지?

♥ 나도 슬픈 아이야. 하지만 절대 비관하지 않아.

나는 내 그늘을 벗어 버리고 밝고 환한 사람이 되고 싶어.

내게서 나오는 환한 빛을 사랑하는 네게도 전해 줄게.

★ 나눠 줄 수 있니? 그렇다면 나도 변할 수 있을까?

♥ 기꺼이! 얼마든지!

이제 너와 나의 이야기를 새롭게 써 보자.

우리는 행복해질 권리가 있어.

황금 햇살처럼 가장 빛나는 시절이 지금이야.

자, 지금부터 새로 시작하는 거야.

처음으로 올라온 1회 소설을 읽고 나는 흥분되었다. 빨리 해리를 만나서 물어 보고 싶었다. 이럴 땐 해리가 휴대전화가 없다는 사실이 무척 안타깝다. 어쩌면 '둘이 함께 쓰는 이야기'는 주리 누나와 해리가 함께 쓰고 있는 것인지도 모른다.

나는 해리네 집으로 달려갔다. 역시 해리는 평소처럼 아빠 밥을 챙기고 있었다. 해리 아빠는 모처럼 기운이 나는지 마당에서 주워 온 상자를 정리하고 있었다. 곁에는 어떤 남자가 그 상자들을 리어카에 싣고 있었다. 내가 인사를 하자 해리 아빠는 이전보다 훨씬 반갑게 맞아 주었다. 나는 해리 곁으로 다가가 작은 소리로 말했다.

"나 읽었어, 소설."

그런데 해리 얼굴은 아무런 동요도 없었다.

"뭘?"

"둘이 함께 쓰는 이야기 말이야. 샤이니2."

해리 표정은 여전히 변화가 없었다.

"네가 새로 쓰고 있는 거지?"

"무슨 얘기하는 거야? 내가 뭘 썼다고 그래."

나는 해리가 거짓말을 하고 있다고 생각했다. 다시 소설을 쓴다는 게 아직은 어색할 것이다. 악플로 인한 정신적인 충격도 가시지 않았을 것이다.

"댓글 달린 거 봤어? 모두 너를 환영하는 분위기야."

"김 범. 네가 지금 무슨 말하는지 나 하나도 모르겠거든?"

"진짜?"

"응, 내 앞에서 소설 얘기하지 마. 난 아직 쓰고 싶지 않아."

"정말 무슨 일인지 몰라?"

해리는 평소처럼 아빠 밥상을 차려 놓고 약이랑 물을 올려놓았다.

"아빠, 나 공부방 갔다 올게요. 식사 많이 하세요."

"그래. 가서 열심히 공부해라. 파이팅!"

해리 아빠가 밝은 목소리로 응원을 보냈다.

나는 공부방으로 향하는 해리를 따라가며 이야기했다. 현재 소설방에서 소설대회가 열리고 있고 샤이니2란 닉네임으로 소설이 올라와 있다고. 그 말에 해리 눈이 동그래졌다.

"정말?"

"응. 네가 쓴 거 아니었어? 난 네가 다시 시작한 줄 알았는데."

"아니. 난 그 이후 소설방 들어간 적 한 번도 없어."

"그럼 누굴까? 주인공은 여전히 김은우와 현아던데, 혹시 너희 언니?"

내 말에 해리 눈이 동그래졌다. 그리고 골똘히 생각에 잠겼다.

해리는 공부방으로 들어갔고 나는 다시 집으로 돌아와 또다시 컴퓨터를 켰다. 그새 댓글이 더 많이 달려 있었다. 대부분 격려해 주며 기대가 된다는 댓글들이었지만 여전히 악플도 달려 있었다. 나는 '샤이니'라는 닉네임에 아직도 무한한 애정을 갖고 있는 게 틀림없었다. 샤이니2가 해리가 아닌 것을 확인했음에도 샤이니2를 해리로 생각하며 악성 댓글을 단 좀비들에게 악플로 맞섰다. 악플로 맞서는 나 역시도 좀비지만 어쩔 수 없었다.

그리고 다음 날, 학교에서 해리를 만나 샤이니2에 대해 들을 수 있었다.

"언니랑 나은호랑 둘이 쓰는 소설이야."

"정말?"

나은호가 주리 누나와 소설을 쓴다니. 나은호는 과연 변한 것인가. 나은호, 차갑기 이를 데 없는 녀석 아닌가.

"나은호가 지난번 내가 쓴 글을 다 읽었어."

"정말?"

"어떻게 알게 됐는지는 모르겠어. 언니도 나은호에게 소설 얘기를 한 적은 한 번도 없다는데……. 소설방에서 퇴출당하던 날 나은호가 갑자기 언니를 찾아와 동생이 어떻게 됐냐며 나에 관해 묻더래. 그래서 소설방에서 퇴출당한 이야기를 해 주었을 뿐인데, 그날 나은호는 소설방에 들어가 그동안 내가 썼던 글을 다 읽은 거야."

순간 가슴이 뜨끔했다. 그날 내가 정신이상자처럼 나은호 집 문을 두드렸고 얼빠진 모습으로 횡설수설 지껄인 말을 나은호는 알아차렸던가? 그날 일만 생각하면 나는 지금도 얼굴이 화끈해진다. 제정신이 돌아온 지금 그날 일에 대해 변명을 하자면, 그건 어린애가 게임에 푹 빠져 현실과 가상을 구분하지 못하는 것과 비슷한 거였다. 혹은 네 살짜리 꼬마가 영화 속 악당에 푹 빠져 악당을 쳐부수겠다며 길을 떠나려는 것과도 같은 이상한 착각이었다.

"나는 언니를 믿어. 언니는 이제까지 누군가에게 행복을 전했지 불행을 전파한 적은 없었거든. 언니가 쓰는 글처럼 둘은 빛나는 십 대를 만들어 갈 거야."

해리는 이전과는 다르게 평온한 표정이었다. 편안해진 해리의 표정을 보자 나도 덩달아 편안해졌다.

그런데 그날 저녁 엘리베이터 안에서 아주 오랜만에, 나은호 엄마를 보게 되었다. 너무 오랜만이라 반가움마저 느껴져 나는 그만 인사를 하고 말았다. 이전엔 없었던 일이다. 나은호 엄마는 희미하게 미소 지으며 고개를 끄덕였다. 나도 이제껏 없던 일이지만 나은호 엄마도 내게 말을 걸거나 아는 척한 적은 없었다.

그런데 나은호 엄마가 내게 말을 걸었다.

"요즘도 엄마 바쁘시니?"

나는 갑작스런 대화에 조금 당황스러웠다.

"네, 아니…… 조금요. 조금 바쁘셔요."

엘리베이터가 내려가는 동안 잠깐 정적이 흘렀다.

"너 아주 어른스런 아이라고 엄마가 자랑하던데?"

이건 또 무슨 말인가. 엄마가 저 아줌마에게 내 자랑을 했다니. 엄마는 나은호 집엘 자주 가지는 않았지만 어디서 듣고 오는지 날마다 내 앞에서 나석호 나은호 형제 이야기를 했었다. 두 형제가 공부를 잘하는 것이 엄마는 부러웠던 모양이다. 내가 아래층 나은호에 대해 시기심을 가졌던 것도 실은 엄마 때문이었다. 그런데 엄마도 나은호 엄마 앞에서 내 자랑을 한 적이 있었다니. 믿을 수가 없다.

엘리베이터 안에서 잠깐 만난 나은호 엄마는 예전에 우리 집에 올라와 바늘끝처럼 날카롭고 쇠사슬처럼 카랑카랑하게 말했던 그 모습은 아니었다. 이전하고는 뭔가 확실히 달랐다.

나은호 역시 달라져 가고 있는 것이 확실했다. 거미 형을 통해 듣게 된 이야기도 나은호가 이전과는 다르다는 거였다.

또 둘이 쓰는 소설에서 보이는 주인공 김은우도 이전과는 다른 캐릭터였다. 소설이 현실이 될지는 모르지만 나는 곧 현실이 될 거라고 믿는다.

왜냐하면 누군가를 좋아하면 곧 마법 같은 일이 벌어진다는 것을 알기 때문이다. 그 마법은 사람을 변하게 하고 마침내 둘 사이에 꽃이 핀다는 것을 내 체험으로 알기 때문이다.

나는 소설이나 영화에서 어른들이 왜 '사랑 사랑' 노래를 부르고, 사랑에 목숨을 거는지 어렴풋이 알게 되었다. 빛나는 두 주인공 김은우와 현아, 아니 나은호와 정주리는 틀림없이 닉네임처럼 빛나는 존재들이 될 것이다. 자신의 빛으로 서로를 환하게 비춰 주는…….

사람꽃

엄마가 어쩐 일로 일찍 들어왔다. 들어오면서 장을 봐 왔는지 양손에 짐을 한껏 들었다. 그리고 곧바로 저녁을 준비하기 시작했다.

지난번 집 문제로 아빠랑 한바탕 말싸움을 하고 난 그날부터 엄마가 조금 달라졌다. 하긴 그날 나도 전화에 대고 뜬금없이 밥타령을 하지 않았던가.

전기밥솥에서 김이 올라왔다. 엄마의 도마질 소리는 경쾌했다.

"이참에 라면 끊자. 그래, 잘 먹어야 크지."

엄마는 계속 혼잣말을 중얼대며 저녁을 지었다. 그때 아빠가 들어왔다. 지방에서 나흘 만에 온 것이다.

"웬일이야?"

모처럼 주방이 분주한 모습을 보고 아빠 눈이 휘둥그레졌다. 정말 우리 집이 이런 모습은 너무나 오랜만이다. 나는 엄마가 주방에서 밥하는 기술을 영영 잊은 줄로만 알았다. 아빠도 그랬을 것이다.

엄마는 아빠를 대하는 표정이 여전히 뚱했지만, 아빠 얼굴은 유순하게 펴져 있었다. 전처럼 각지고 딱딱한 얼굴은 아니었다. 아마도 밥 냄새 때문이 아닐까.

모처럼 온 가족이 함께 밥을 먹었다.

"요즘 집에 혼자 있는 애들이 문제라던데, 범이 넌 맨날 피시방만 다니고 그러는 거 아니지?"

그러자 엄마가 또 아빠에게 퉁바리를 줬다.

"당신은 아들을 그렇게 못 믿어? 자기 새끼 못 믿으니 누굴 믿을까, 쳇!"

"내가 언제 못 믿는다고 했어? 당신은 내가 무슨 말하려 하면 꼭 오버하더라."

그러고는 졸인 고등어를 맛있게 파 먹었다. 사실 아빠는 나를 못 믿어서 탈이고, 엄마는 나를 너무 믿어서 탈이다.

"역시 집 밥이 최고라니까. 나가서 먹어 봐야 그게 그거야."

아빠가 모처럼 훈훈한 말을 건넸다. 엄마는 그 말을 칭찬으로 여기는지 입을 삐죽거리면서도 입술 끝엔 웃음을 매달고 있었다.

"근데 우리 아들 요즘 뭐 좋은 일 있니?"

엄마가 뜬금없이 물었다.

"너 혹시 여친 생겼니?"

그 말에 나는 깜짝 놀라 눈만 둥그렇게 떴다.

"우리 아들이 여자 친구가 생겼다고, 정말? 하하하."

아빠는 뭐가 좋은지 입을 벌리고 웃었다. 엄마 아빠 두 사람이 동시에 내게 관심을 쏟으며 이야기한 적은 실로 오랜만인 것 같았다.

"전에는 엄마가 뭘 물어도 신경질만 부리고 대답도 없던 애가 요즘은 말도 좀 하고 얼굴이 환해진 것이…….."

엄마가 대답을 기다리며 내 옆얼굴을 꽤 오래도록 바라보았다. 그럴수록 나는 아무 말도 할 수 없었다. 내 달콤한 비밀을 들키는 것이 왠지 쑥스러웠다.

"얘는 이렇게 무뚝뚝하다니까. 꼭 지 아빠를 닮아 가지고. 너 여자한테는 그러면 안 돼!"

나는 엄마 입에서 그 다음 어떤 말이 나올지 내심 기대했다. 이렇게 해야 여자는 좋아한다는 식의 이야기를 해 주길 은근히 기다렸다. 그런데 실망스럽게도 그걸로 끝이었다.

그래도 엄마가 모처럼 내 감정을 읽어 주는 것이 싫지는 않았다. 언젠가 주리 누나가 이런 말을 한 적이 있었다.

"보살핌이란 아주 작은 소리에도 반응해 주는 사랑의 힘이야."

그동안 나는 감정을 나눌 사람이 주변에 없었다. 내 소리에 반응해 주는 사람도 없었다. 그런데 요즘은 그런 사람이 여럿 생긴 것 같아 기분이 좋다. 해리와 주리 누나 그리고 거미 형까지.

"아 참! 당신 알아 보기로 한 건 어떻게 됐어?"

아빠가 중요한 일인 듯 수저까지 내려놓으며 엄마를 바라보았다.

"그렇잖아도 말하려던 참이었는데……. 다행히 잘 됐어. 소유권 일부를 매각하고 매월 임대료를 내면 된대. 십 년 이내까지 거주할 수 있고. 처음엔 좀 속상했는데 당신 말대로 하는 게 답인 것 같아."

나는 두 사람이 하는 말이 무엇인지 궁금했다.

"그게 뭔데, 나도 알면 안 돼? 우리 집 파는 거야?"

내가 묻자 아빠가 말했다.

"집 파는 대신 하우스푸어 구제 신청을 했어. 빚 독촉에서 벗어나고 시간을 좀 얻는 거지. 그것도 조건이 되어야 하는데 어쨌든 다행이네. 수고했어, 당신!"

아빠가 안도한 얼굴로 다시 수저를 들었다.

"범이 아빠, 옛날 단칸방에서 살던 시절 생각나? 범이 낳고 나서 당신은 아들 낳았다고 좋아하고……. 그때가 좋았던 것 같아. 그땐 빚도 없고 세 식구만 같이 있어도 행복했던 것 같은데."

"그랬지……."

잔뜩 주름 접힌 아빠의 얼굴이 모처럼 웃고 있었다.

"범이 엄마."

오랜만에 아빠가 다정한 음성으로 엄마를 불렀다.

"우리 이제 좀 여유를 갖고 살자. 너무 기를 쓰며 살지 말자고. 난 그냥 우리 세 식구 이렇게 밥 먹고 건강하게 살면 행복해."

"어이구, 당신은 이렇게 야망이 없어서 탈이야. 알았어, 어서 밥이나 먹어요."

엄마가 아빠에게 눈을 흘겼지만 분위기가 나쁘지는 않았다.

저녁을 다 먹고 우리 가족은 또 각각 떨어져 개족(個族)이 되었다. 아빠는 텔레비전 뉴스에, 엄마는 스마트폰에 눈을 두었고 나는 내 방으로 들어왔다. 그래도 다함께 밥을 먹고 난 후라 그런지 이전보다 훨씬 공기가 따뜻했다.

나는 방에 들어와 나와 해리를 중심으로 한 인물 관계도를 그려 보았다.

나, 엄마 아빠, 해리, 거미 형, 주리 누나, 나은호 그리고 나은호 엄마까지. 딱 거기까지만 인물관계도를 그려 보기로 했다. 만일 해리와 내가 결혼하고 주리 누나와 나은호가 결혼하면 나은호와 나는 가족이 될 수도 있는 건가? 하하하! 웃음이 터져 나왔다.

"내가 지금 웃은 거야? 하하하. 내가 웃고 있다니!"

그 웃음은 마술사 손끝에서 비밀스럽게 피어난 꽃처럼 놀랍고 기쁜 것이었다. 내가 그린 인물들도 하나같이 웃는 듯이 보였다. 그리고 그 얼굴들은 한 다발의 꽃으로 보였다.

참 신기하다. 누구 한 사람 떨어질 수 없는 관계 속에 살고 있다는 것이.

장미가 넝쿨을 뻗어 가야 꽃을 많이 피우는 것처럼, 사람 사이도 넝쿨 뻗듯 손을 잡는 일이 필요한가 보다. 때론 가시에 찔려 피가 나기도 하지만 말이다.

내가 그린 관계도의 화살표는 여기저기로 주거니 받거니 이어졌다. 땅속으로 끝없이 뻗어 있던 그 놀라운 개미집처럼 우리 관계도 사방으로 뻗어 있었다. 그걸 허물지만 않으면 된다.

엄마가 나오더니 거실에 불을 끄는 것 같았다. 아빠가 틀어 놓았던 텔레비전 소리도 꺼졌다. 나도 내 방의 불을 껐다. 달빛이 환하게 창으로 들어온다.

사방이 조용하다. 그때 아래층에서 아주 작은 소음이 들려왔다. 나은호가 켜 놓은 음악 소리다.

"나은호는 지금 무슨 생각을 할까?"

나는 습관처럼 또 그에 대한 호기심이 발동했다.

"내일 탁구나 함께 치자고 해 볼까?"

나는 생쥐처럼 두 귀를 세우고 나은호 방에서 들려오는 소리에 귀를 기울였다.

오랫동안 익숙한 그 소음이 즐겁다.